『黒衣の女王』

いきなり、バルコニーの床から、黒いものがぬっと立ち上がったのだ。（243ページ参照）

ハヤカワ文庫JA
〈JA952〉

グイン・サーガ126

黒衣の女王

栗本　薫

早川書房
6458

BEAUTY IN BLACK

by

Kaoru Kurimoto

2009

カバー／口絵／插絵

丹野　忍

目次

あのときはなんて二人とも若かったのでしょう。そうして、もう二度とあのときは帰ってこない。

そうよ、いとしいひと、いえ、あんなにもいとしかったひと——愛した時は終わり、わたしはひとの妻になった。そしてあなたも違う女性を妻と呼んだ。蜃気楼は消え、そしてもう二度とはかえってこないのよ。まさに、ひとときだけの蜃気楼——だからこそ、あれはあまりにも美しくせつないまぼろしだったんだわ。

リンダ

〔中原拡大図〕

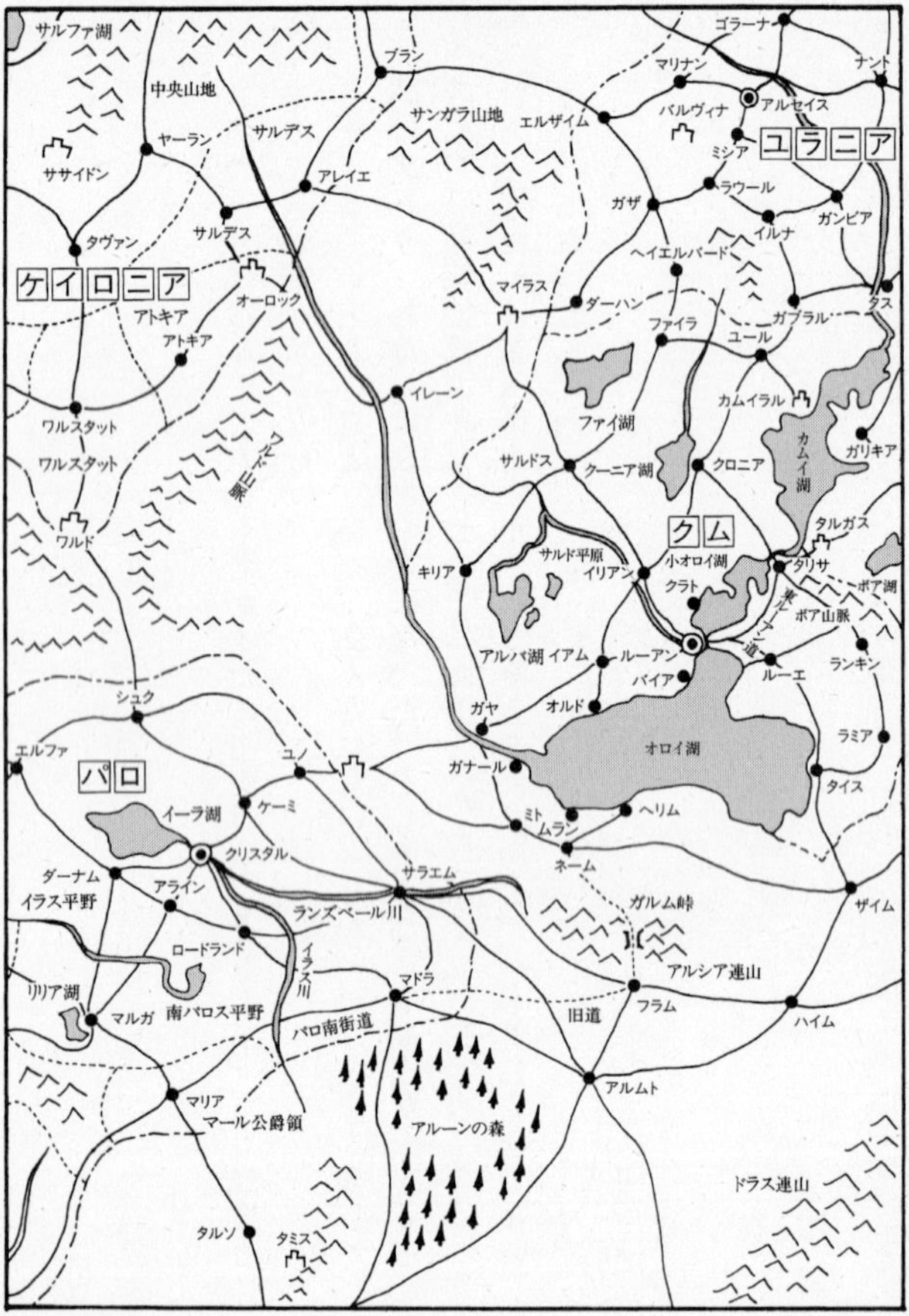
サルファ湖
中央山地
ブラン
サンガラ山地
ゴラーナ
マリナン
ナント
エルザイム
パルヴィナ
アルセイス
ユラニア
ミシア
ヤーラン
サルデス
ササイドン
アレイエ
ラウール
ガザ
イルナ
ガンビア
タヴァン
サルデス
ケイロニア
オーロック
ヘイエルバード
マイラス
ダーハン
ガブラル
タス
アトキア
アトキア
ファイラ
ユール
イレーン
カムイラル
ワルスタット
ワルスタット
ワルド山脈
ファイ湖
カムイ湖
ガリキア
サルドス
クーニア湖
クロニア
ワルド
クム
タルガス
サルド平原
小オロイ湖
タリサ
キリア
イリアン
クラト
ボア湖
東ルーアン道
ボア山脈
アルバ湖
イアム
ルーアン
ランキン
バイア
ルーエ
シュク
ガヤ
オルド
ラミア
オロイ湖
エルファ
ユノ
ガナール
パロ
タイス
ケーミ
イーラ湖
ミト
ムラン
ヘリム
クリスタル
ネーム
ダーナム
サラエム
アライン
イラス平野
ランズベール川
ガルム峠
ザイム
ロードランド
イラス川
アルシア連山
マドラ
リリア湖
マルガ
南パロス平野
フラム
旧道
ハイム
パロ南街道
アルムト
マリア
マール公爵領
アルーンの森
ドラス連山
タルソ
タミス

〔パロ周辺図〕

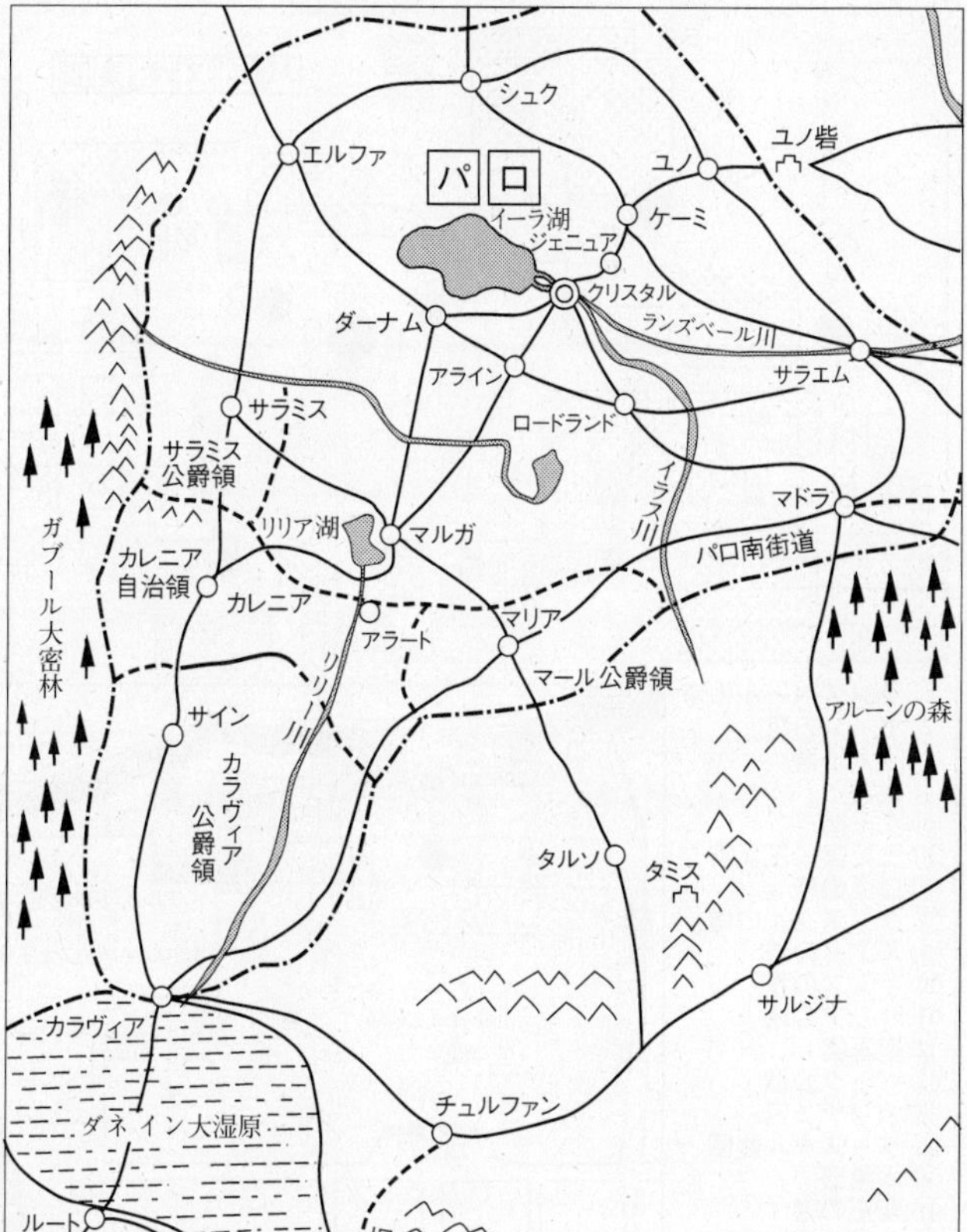
シュク
エルファ
パ ロ
ユノ砦
ユノ
ケーミ
イーラ湖
ジェニュア
クリスタル
ダーナム
ランズベール川
アライン
サラエム
サラミス
ロードランド
サラミス
公爵領
イラス川
マドラ
リリア湖
マルガ
パロ南街道
ガブール大密林
カレニア
自治領
カレニア
アラート
マリア
リリア川
マール公爵領
アルーンの森
サイン
カラヴィア
公爵領
タルソ
タミス
サルジナ
カラヴィア
チュルファン
ダネイン大湿原
ルート
旧道
ウィレン山脈
サーリスベリ

〔クリスタル・パレス〕

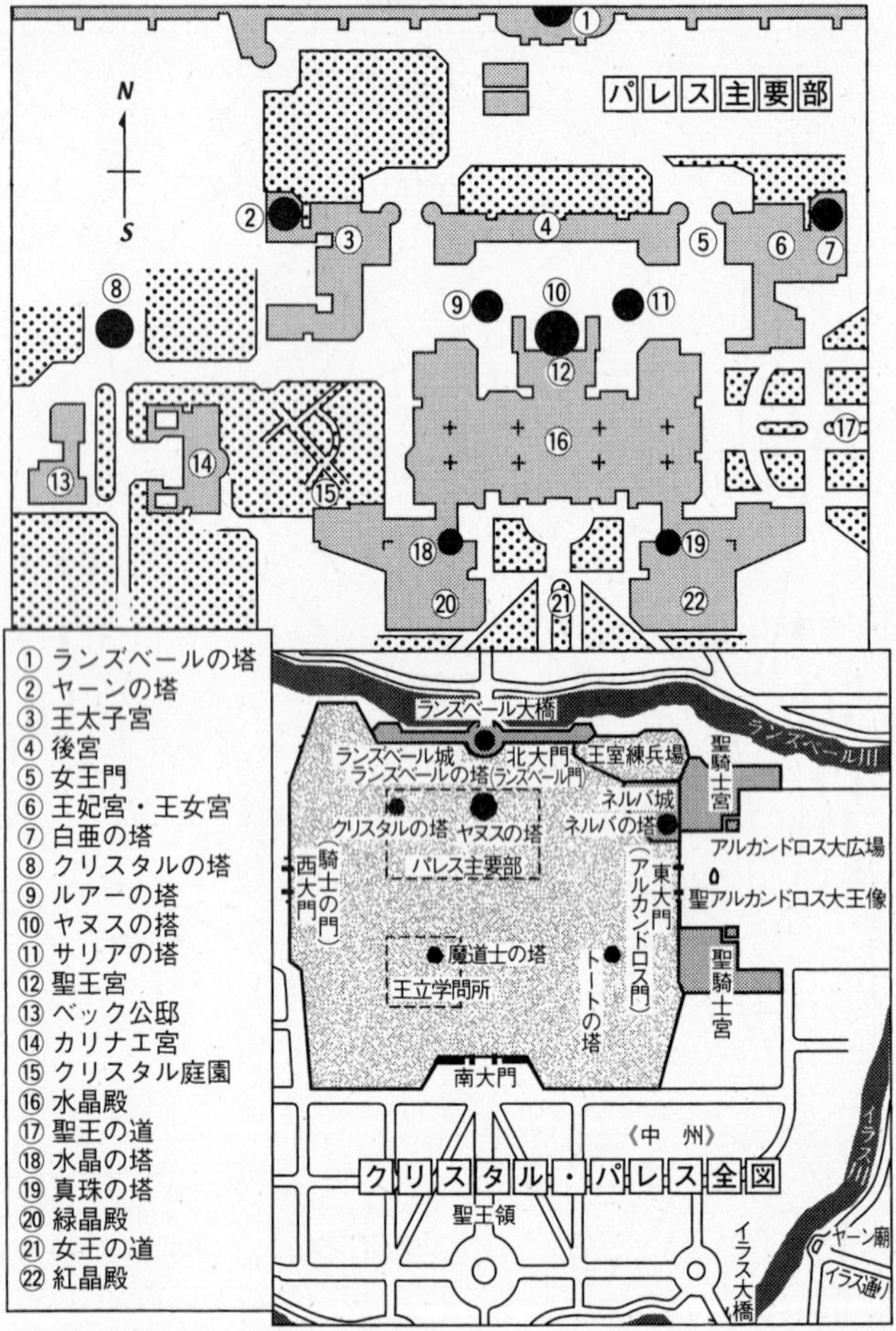

パレス主要部
N
S
① ランズベールの塔
② ヤーンの塔
③ 王太子宮
④ 後宮
⑤ 女王門
⑥ 王妃宮・王女宮
⑦ 白亜の塔
⑧ クリスタルの塔
⑨ ルアーの塔
⑩ ヤヌスの搭
⑪ サリアの塔
⑫ 聖王宮
⑬ ベック公邸
⑭ カリナエ宮
⑮ クリスタル庭園
⑯ 水晶殿
⑰ 聖王の道
⑱ 水晶の塔
⑲ 真珠の塔
⑳ 緑晶殿
㉑ 女王の道
㉒ 紅晶殿
ランズベール大橋
ランズベール川
ランズベール城
北大門
王室練兵場
聖騎士宮
ランズベールの塔（ランズベール門）
ネルバ城
ネルバの塔
クリスタルの塔
ヤヌスの塔
アルカンドロス大広場
西大門（騎士の門）
パレス主要部
東大門（アルカンドロス門）
聖アルカンドロス大王像
魔道士の塔
トートの塔
王立学問所
聖騎士宮
南大門
《中　州》
クリスタル・パレス全図
聖王領
イラス川
イラス大橋
ヤーン廟
イラス通り

黒衣の女王

登場人物

マリウス…………………………吟遊詩人
ヴァレリウス……………………パロ宰相。上級魔道師
スニ………………………………セムの少女
リンダ……………………………パロ聖女王
イシュトヴァーン………………ゴーラ王

第一話　突発事態

1

「ええッ？　なんですって？」

リンダは驚愕の叫びをあげると、思わずよろめきそうになったからだをあわててソファの背もたれで支えた。このごろは、もう、リンダはあまり「女王としての体面」のことばかり考えることもなくなっている。というよりも、もう、ここまで来てしまったら、そういう体面だの、自持《じじ》だの、誇りだの、ということをも云っていられなくなってしまったのが、いまのパロの現状だ、ということなのかもしれない。

「イシュトヴァーンが一千人の兵をひきいて国境にきて――クリスタルに入る許しを求めているって……それは、どういうことなの」

「は……」

知らせを持ってきた小姓は、（自分に聞かれても……）というように、うつむいた。

「ヴァレリウス宰相をお呼びして」

リンダは叫んだ。そのような突発事態の話をきいて、最初におのれのする反応が、「宰相を呼んでくれ」ということであるのが、いささか、なさけなくもあったが、一方では、どちらにせよそのような大事件であってみれば、宰相がかかわらぬわけにはゆかぬのだから、とおのれに言い聞かせた。

「ああ、その——それから、アル・ディーン殿下を、こちらに。私の居間に。宰相もそこへ」

「かしこまりました」

小姓は急いで出てゆく。それを見送って、リンダは思わず、急にがっくりと疲れた気分になっていた。

（イシュトヴァーンが、なぜ、突然……パロへ——）

通常、国家元首当人ともあろうものが、そのように軽々しく——たかだか一千人ばかりの供回りを連れただけで別の国家の国境に突然押し掛け、面会をこう、などということがありうべくもない。

ましてパロは、いまは相当に形骸化したとはいえ、それなりにもともとはきわめて伝統を墨守する、厳格な形式主義をこととしていた古い国家だ。国家元首どうしの会見、などというおおごとになろうものなら、何ヶ月も前から使者が双方の王宮を行き来し、さまざまな細かな出迎えや歓迎の宴や行事のだんどりが決められ、それからただちに両方がその準備に入る――迎えるほうがおおわらわであるのは当然だが、迎えられるほうもしかるべく手土産をもろもろ持参するし、また訪問する人数については、ほんの下男のはしくれにいたるまで氏素性を明らかにした書き物が出され、それに応じてこちらは宿泊の場所、どの程度の接待をするか、までことこまかに決定する。その準備のことを考えれば、何ヶ月も前であっても足りないくらいだ。もしたとえばケイロニアの国王が正式の表敬訪問にクリスタル・パレスを訪れる、というようなことになったら、それは、一年以上前からの準備期間が必要になるだろう。そのくらいのことなのである。

（まあ……あの人らしいといえばらしいのかもしれないけれど――でも、なんて、無法な……）

一千人、というのは、それにしても、あまりにも少ない。

それだけの少数の兵を率いただけで、よくユラニアからパロまでのかなり長い道のりを平気でやってきたものだと思うが、無法者でならしたゴーラ王にとっては、そのようなほとんど「夜討ち朝駆け」にひとしいような行動も、べつだん不自然ではないのかもしれない。

（いやだわ……私、いまあの人には……特に会いたくない……）

リンダは、思わずそっとひとりごちて、宰相と第一王位継承権者がやってくるまでのわずかばかりの空白の時間に、つととなりの小部屋に入っていった。

「リンダ様なんかほしいものあるか？」

そこでじっと待っていたスニが、ちょこちょこと寄ってくる。

「そうではないのよ、スニ。ちょっとどいて」

リンダは、壁に寄って、そこにかけてあった鏡を見つめた。

この小部屋は、いわばリンダの「楽屋裏」だ。居間に客を迎えることもひんぴんとあるから、化粧を直すのや、髪型や服装を点検するのはこの「控えの間」で、ということになる。控えの間は瀟洒な婦人室らしいこしらえになっており、化粧台と、一式の化粧道具も揃えてある。大きな、全身の姿を点検できる姿見もあったし、入口近い壁には、ちょっとだけおのれの顔に目をくれて、（これで大丈夫）と点検するためのさいごの「点検鏡」もかかっていた。

鏡にうつしだされたのは、いつもどおりの、いくぶん青白い、だが充分にまだ若く美しい二十二歳のうら若い女王の顔だった。年齢のわりには、いくぶん老成した感じをあたえるかもしれない――それは、つねに黒衣をまとい、髪の毛も地味に控えめに低く結って、黒いレースをかけている彼女であってみれば、仕方ないことかもしれない。最愛の夫の死から、まだ二年とはたっていない。もっとも、それが十年になっても、まだ、黒衣の喪装束を脱ぐ気にはならないかもしれない、とリンダは思っていた。いまとなっては、うわさにきくケイロニアの選帝侯《黒衣のロベルト》さながら、黒い喪のドレスがリンダ女王の象徴のようになってしまっていて、黒以外の華やかな服装など、身につけると、かえっていてもたってもいられぬ心地になる。せいぜい、濃紺や、黒地にほんのちょっと銀のラメが入っている程度のものまでなら許せたが、明るい色あいの服など、寝間着にさえ、用いる気にならなかった。それほどに、リンダは、きっちりと亡き夫の喪に服し続けている。

（そうよ——私の心はもう、マルガにあの人とともに葬られているんだわ。……私の、女としての人生はもうとっくに終わってしまった。このあとが何年、何十年自分の人生があろうと——私の肉体年齢がどれだけ若かろうと、結婚生活がいかに短いものであったろうと——私はもう、長い長い結婚生活のはてに最愛の伴侶を失った老未亡人以外のなにものでもないわ。もう二度と恋は出来ない。もう二度とほかの男に心を動かすことなどない）

そう、思うわりには、実際には、リンダは、うら若い聖騎士侯、カラヴィア子爵アドリアンにいまだに熱烈に思慕されていたり、使節として訪れたケイロニア宰相、ランゴバルド侯ハゾスと互いになんとなく憎からず思ったりする瞬間も持っている。

だが、それは、リンダにとっては「それだけのこと」にすぎなかった。そのくらい、まだ二十二歳である自分に許してやってもいいのではないか、とひそかにリンダは自分に言い訳したこともある。

（だって、私はまだ……とても若いのだもの。それに……このさき、ずっと長い、長いあいだ私はナリスの喪に服したまま生きてゆくのだから……そのくらい、ちょっとした気晴らしがあっても……）

もっとも、アドリアンにいかに思慕されようと、ハゾスのことを（好いたらしいおかた）と思おうと、それでそれ以上の間柄にどうこうなる、というようなつもりは、かけらほどもなかった。もし、そんな可能性があったり、また相手がそれ以上の関係にすすみたいような積極的な様子を見せたとしたら、リンダはたとえそれが将来のカラヴィア公にして聖騎士侯、などという重大な地位にあるアドリアンであっても、断固として遠ざけ、以後二度と二人では会わない、という決まりをおのれにもうけたに違いない。ハゾスにいたっては、互いに（なかなか好感の持てる相手）だ、と感じあったな、ということを感じただけで、何もべつだん、求愛されたこともなければ、二人きりで親密に、ごく立ち入った話をかわしたような覚えもない。このあと何回会っても、やはりそれはパロの女王と、ケイロニアの宰相、十二選帝侯の一人、というだけの間柄でしかないだろう。

（だけど、ちょっと……好いたらしいおかただわね、と思うくらいのことは……未亡人にだって、許されていいはずじゃないの……それ以上のことは、何にもないんだから…

……)

それは、リンダが、折りにふれて思うことであった。

きっちりと喪のしきたりを守ってもいるし、夫の死をいまだに嘆いていたんでもいる。だが、心のなかくらいは少しだけ自由な場所がなくては、窒息してしまう、と思うのだ。もともと、自分がどちらかといえば、惚れっぽいたちであることは自覚している。

(まあ、その意味では……どうしてディーンのことは……異性として見られないのかしら、っていうこともあるけれど――一方では、あのひとが、私の好みじゃなくてよかったな、って思うことも、正直なくはないわ……)

リンダはじっと鏡を見つめていた。

確かに、ひとが美しい、美人だ、中原きっての美女だ、とほめそやし、もてはやしてくれるだけのことはある、きわめて整った、美しい顔立ちではある。しかし、リンダは、いまの自分の顔がそれほど好きではなかった。

(なんだか、やつれて、さびしそうだわ――それに、なんだか、妙にきっちりしていて、すごく――なんていうのだろう、なんだか――近寄りがたい感じ……)

もともと、それほど舞踏会などでコケティッシュに若い貴公子たちにもてはやされてきゃあきゃあ喜ぶようなたちではなかったし、ことにごく早く結婚をし、そしてその夫の不幸につきあい、ついには若い未亡人となる、という劇的な波乱にとんだ身の上だったのだから、そう浮いた浮いたで花の盛りを過ごしてこられたわけもない。

（でも、それをのぞいても……そんなに、たいした恋愛の遍歴とかって、してこなかったんだわ、私——）

イシュトヴァーンとのことは、いまのリンダにとっては、たった十四歳の何も知らぬ少女の、ごくごく幼い初恋、というようにしか記憶に残されておらぬ。

そしてアドリアンの求愛やハゾスにほんのりと好意を抱いたことなどはただの気持のゆらぎにすぎないのだとすると、自分の恋愛経験、というものはつまるところ、ナリスに始まり、ナリスとの短い不幸な結婚生活で尽きているのだ、ということもリンダにはもう自覚されている。

（もっと——なんというのだろう、人生がはじまるとき、もうじき女としての人生が本当にはじまるのだ、という予感に胸をふるわせていたときには……もっとずっと違うように想像していたわ、自分の人生というものを……）

パロ宮廷にその名も高いフェリシア夫人のように、いまだ少女のうちから兄弟二人の王子に奪いあわれ、その後も別の男と結婚してそのあともたえまなく浮き名を流し続ける、というような人生を想像していたわけではない。《処女姫》と異名をとる巫女の素質をもつからには、そうしたふしだらな人生は自分にとっては禁じられているものだし、まったく性にあわないものだ、ということくらいはよくわかっている。フェリシアをうらやんだこともなかった。かりそめにも、おのれの最愛の夫と浮き名の立った女なのだ。意識しないわけにはゆかないが、(ああいう生き方をする女性というものは、決して本当の尊敬は殿方から得られはしないものだと思うわ……)と考えている。

忠実なスニは、足元でじっとリンダの命令を待っていた。リンダは髪型をちょっちょっと直し、化粧直しをして、鏡をあらためてのぞきこんだ。

(そう――まだ、私は綺麗なんだわ……それはそのはずよ、私はまだ――たった二十二歳なんだもの……)

鏡から目をそらすと、黒衣をまとった、年齢のわりには痩せて青白い、美しいがさびしげな顔をした女のすがたはリンダの視野から消えた。

「陛下、ヴァレリウス宰相閣下とアル・ディーン殿下がお見えになっておられます」

侍女が告げにきたのへ軽くうなづいて、そのまま、さやさやときぬずれの音をたてながら、黒い長いスカートの裾をひきずって、居間へ戻ってゆく。スニがあとからちょこちょことついてくるのへ、

「宰相閣下とディーンさまにお飲物をお持ちしてね。それから、ほかのものには人払いを」

命じておいて、居間に入ると、もうすでに黒衣の魔道師宰相ヴァレリウスと、第一王位継承権者にして亡き夫の弟でもあり、半分しか正しい血はつながっていないがおのれ

のいとこでもあるアル・ディーン王子とが、椅子にかけて待っていた。リンダを見るとさっと立ち上がって、礼儀正しく、女王にして神聖な女性であるひとに対する礼で腰をかがめる。

「何やら、国境周辺で騒ぎがありましたそうで」

口をきったのはヴァレリウスのほうだった。それもまた、本来ならば、パロでのおびただしい伝統的な儀礼のやりかたでは、身分の低いもののほうから口を開いてはいけないだの、貴婦人とともにあるときには、男性のほうから口をきいてはいけないだのと、さまざまな面倒くさい決めごとがある。だが、リンダは、もうそのようなものは何ひとつおのれの治めているかぎりはクリスタル・パレスに通用させたくなかったので、そのような儀礼を一気に取り払ってしまったのだった。

むろん、うるさがたの老人たちがほとんど死んでしまった、というのもそのためにはるかに大変役に立ったが、その意味では、女王としてのリンダのほうが、弟のレムスよりもはるかに過激な改革をパロ宮廷に及ぼしたのは確かなことである。もっとも、経済的にも人材的にも逼迫してしまって、古式を守ってゆくだけの力もいまのパロになかったのだ、ということも確かだ。

「ええ、そう。もう聞いて？」

「私はちょうど、ちょっと別の方向におもむいておりましたので――部下からの連絡をきいて急ぎパレスに戻って参りましたが、詳しいお話はまだうかがっておりません」

「私も、まだよくわからないんだけれど……」

「いま、魔道師どもにただちに報告の真偽やその上の情報を探らせにかかっておりますから、まもなく報告が参りましょう。が、ともかく確実なのは、ゴーラ王イシュトヴァーンが、一千人の兵を率いてパロ国境に突然姿をあらわし、そしてクリスタル・パレスに入ってリンダ女王陛下にお目にかからせていただきたい、と申し入れてきている、ということですな」

「そうなの」

リンダは、眉をひそめて、ヴァレリウスとアル・ディーンを交互に見比べた。ヴァレリウスのむっつりとした痩せた顔は、眉をしかめて、いかにも狷介《けんかい》そうだが、何の表情も見せていない。アル・ディーンのほうは、心配そうな顔をしていたが、やはり、いまの段階であまりに早急に騒いだり、何か口走ったりしないように気を付けているようだった。

「平和裡に会見したい、といってきているというのだけれど、いったい、いまゴーラ王が私に何の用があると思って？　こともあろうに、伝令の報告によれば、『個人的な用件』だとゴーラ王は口にしていたらしい、というのだけれど」

「それはもう……」

アル・ディーンが口を開きかけて、ちょっとすまなさそうに黙った。リンダはそちらにうなづきかけた。

「なんでも、思ったことをおっしゃってちょうだい、ディーンさま。あなたはいまとなってはパロ聖王家唯一の男子なんですから」

そのように云われることを、アル・ディーンことマリウスが、あまり好ましく思っていないことは知っている。だが、いまの状況では、アル・ディーンにもっともっと、その自覚を持ってもらい、その上で、崩壊しかけているパロの体制をなんとかして建て直してゆくようにしむけてゆくほかないのだ。

「僕が考えたのは――たぶん、それは、リンダ――陛下との、結婚とか……そのようなことを思いついているのじゃないのかな」

「……」

リンダはくちびるをかんだ。

その思いは、その第一報を聞いた瞬間から、すでにリンダのなかにあったものだったのだ。だが、そのように自分のほうから、(イシュトヴァーンは、私をいまだに愛していて、私が未亡人になったのをみはからってまた求婚にやってきたのだ)などと考えることは、あまりにも自惚れているように思われてイヤだったので、あえてそのような考えには、目をむけないようつとめていたのだった。だが、その思いがどこかにひそんでいたからこそ、反射的に鏡を見に次の間にいってしまったのだ、と思う。

（自分がまだ美しいかどうか――まだ愛されるにふさわしいかどうか、まだ恋愛が自分の人生とかかわりがなくなってしまっているかどうかを知りたいのかしら、私は――なんてこと、私はもう未亡人で、私の人生はナリスの眠っているあのマルガの湖上の祠に葬られているというのに……）

「私もそのように考えます」

難しい顔で、ヴァレリウスが云った。

「彼は、少し前にアムネリス王妃を自害によって失い、そのかわりに一子ドリアン王子を得ましたが、王子にはいっこうに愛情を感じぬようすで、まったく省みないまま乳母に養育させているときいております。当人の意識としては、そのようなことですからむろん、『また独身になった』つまり未亡人になられたリンダ陛下に求婚する資格を取り戻したものと信じているのでしょうし、また、以前クリスタルに滞在していたときにも、若干そのような振る舞いがあった、ということをきいております。今回も一千人というごく少数の精鋭だけを率いてやってきた、ということは、とりもなおさず、平和裡の訪問である、ということを強調したいわけでしょう。むろんゴーラ王のこと、どこかに兵を伏せている可能性がないとは申せませんが、正直いって現在のパロは……イシュトヴァーンがその気になれば、一万人はおろか、五千人程度のゴーラ軍であっても簡単に蹂躙されてしまうかもしれません。もしもそのつもりならば、なにもこうして丁重に下手に出て会見を乞うことなどせず、ただちに奇襲をかけて征服に入れるのではないかと——なさけない限りの話ではございますが……」

「でもそれがパロのいまの現実なのだわ。私が治めているということもあるだろうけれど……それにもまして、やっぱりいまのパロの国力はその程度のものに落ちてしまっているという現実を、私たちは、そのパロをなんとか統治している側として、ちゃんと受け止めなくてはいけないと思うわ」

リンダは大人びた口をきいた。このところ、リンダには特に、「私がパロを守ってゆくのだ——私以外には、この国を守る人間はいないのだ」という自覚が強くなってきている。それは、グインの訪れや、ハゾスの訪問などによって逆に、いかに現在のパロが弱体であるか、をつくづくと思い知らされたことにもよるのかもしれなかった。

「それはまさにおっしゃる通りです。しかし、それと目の前の事態とは必ずしも一致しません。——ともかく、まずはこのゴーラ王一行の突然の、まああえていうならきわめて無礼な到来に対して、どのように対処するか、ということでございますが……」

「断るわけにはゆかないわ、ヴァレリウス」

リンダは眉をひそめた。

「相手はゴーラよ。それにたとえ一千人とはいえ兵隊を連れている。おまけに一応とても丁重に、辞を低くしてこちらに会見の許しをこうてきている。それをむげに断ることは――いまのパロにはとても難しいのではなくて？」

「それはそうです。もしゴーラ王を怒らせたとしたら、一千人の兵であってもあちらは鍛え抜かれた精鋭です。こちらがただちにアドリアン侯にお願いして防衛線を張るとしても……正直、年齢的な制約もありますし――武人としての経験や経歴が、アドリアン侯とゴーラ王ではあまりにも違いすぎますし……」

「ということは、ともかくも、イシュトヴァーンを受け入れざるを得ない、ということね？」

「同時に、ただちにケイロニアに使者を走らせ、このような状態になっているが、お約束の援軍をひそかにこちらの国境に派遣してくれるようお願いして――いや、でも、それがゴーラ王にばれたときにはまずいのかな……」

「どちらにせよいまクリスタルに駐屯してくれているケイロニア軍が少しはにらみをきかせる力になってくれるでしょうけれど、でも、ケイロニアは基本的には、やっぱり他国の内政不干渉主義は継続しているのだから……」

「さよう、全面的にケイロニアに頼る、というわけには参りませんし――といって、まだ、いまの段階ではゴーラ王が、どのような意図でやってきたのか、もし求婚であれば、それを陛下が拒否された場合、どのような手段に出ようというのか――それについては、まったく予想がつきませんし。もしかして、万一、まったく求婚とは異なる目的である、という可能性もないわけではありませんし……」

「僕は思うんだけれど」

また、マリウスがおずおずと口をはさんだ。まだ、マリウス、というかアル・ディーン王子は、おのれがそうして、一国の政治や外交に対して考えを述べ、その考えが政策に影響を与える、というようなことに対して馴れてもいなければ、耐性も持っていない。つねに、「自分のような、政治に不向きで何も知らず、関心もないものが、こんな重大なことに口を出していいのかどうか」という思いにさいなまれているようだった。

「あの、先日……フロリー親子がヤガへ出発したよね。——あのことがもし、ゴーラに知れたとしたら……何といっても、スーティはイシュトヴァーンの息子なわけだし……それを取り戻しに、というか、ヤガに出発したことを知らず、まだスーティたちがクリスタルに滞在していると思っているとしたら——」

「さよう、それを取り戻す、ないしせめて、対面し、息子の様子を見に来る、ということも、ゴーラ王にしてみれば、充分に重大なことになるでしょうね」

ヴァレリウスは大きくうなづいた。リンダとヴァレリウスとはひそかに申し合わせて、とかく引っ込みがちなアル・ディーンが、ちょっとでも積極的に政治向きや外交のこと、パロの統治について参加しようという姿勢を示したら、すぐにそれを力をこめて肯定したり励ましたりして、なるべくアル・ディーンがパロ聖王家の一員――どころか、いまや唯一の王位継承権者としての誇りや自覚を持つことが出来るようにしようと相談してあったのである。

「フロリー親子のことはおそらく、くだんのカメロン宰相の部下が報告に及んでいることと思われますから、当然ゴーラ王としては、その親子がまだクリスタルに滞在している、と考えていることでしょう。ゴーラ王は決してそれほど情報収集にたけていたり、それに多くの人数やまして魔道師を割いていたり、ということはしていないようですからね。戦場でこそ、相手の状況を四六時中密偵に探らせてはいても、あちこちの国家の内実に対して間諜を差し向ける、というような話はあまりきかない。もしもまったく露見しないようにたくみに偽装した間諜を潜入させているのだとしたら、これは大したものですが、しかし魔道師軍団の守っているパロでまで、そんなにたくみに出来るかどうか、これはとうてい信じられませんしね。私の知る限りでは、ゴーラ王の戦術、戦略はいつもどちらかといえば粗雑で乱暴な力づくのものばかりです」

ヴァレリウスはちょっと溜息をついた。それでありながらそのごり押しの力づくの戦略の前に、パロはもっとも弱いのだ、ということに、いくぶんげっそりしたようすであった。

2

「そう……」

リンダは、美しい眉をいくぶんかげらせて、その一連のやりとりをきいていた。

ヴァレリウスは女ごころになど、特にうといほうであったし、アル・ディーンは場合によってはきわめて敏感であったけれども、リンダに対してはあまりそのような関心が動くわけではなかったので、リンダの心理の動きなどについては、そんなに立ち入りたいとも思っていなかったから、どちらもそのリンダの表情のウラにひそむものは見てとれなかったかもしれぬ。

だが、リンダ自身は、おのれの心の動きに気付いていた。

（いやだわ、私——なんだか、そう考えると、面白くない気持がしてくるんだわ……）

イシュトヴァーンが、おのれに求愛しにきたのかもしれぬ、と考えると、ひどく胸がどきどきし、いつになく頬が紅潮してくるような、多少浮わついた感情があり、それをなんとかして抑制しなくては、という気持もはたらいた。だが、イシュトヴァーンが、

「フロリーとスーティ親子を取り戻しにきたのかもしれない」と考えたとたんに、リンダの目からは輝きが消え、頬の血の色もあせてゆくような感じがあった。

（あの人は……もしかして、まだフロリーを愛しているのかしら……アムネリスとのあいだの息子には、まったくかえりみさえしていないと聞いたわ……もしかして、フロリーの生んだ子供ならば、あの人は、愛せるし、あとつぎにできる、と思って……やってきたのかしら。ここまで——）

いったん、そう考えついてしまうと、その考えは、ひどく根拠があるように思われた。リンダのおもてはますます翳りをおびてきた。

（そうよね……いくらイシュトヴァーンが無茶苦茶な人でも、たった一千人を連れてパロを征服になんかきやしないわ。というか、いかにいまのパロが脆弱で、どうにもならぬほど国力が低下していても……一千人のゴーラ兵に占領されてしまうほど、そこまでひどくはないわ。……でもまた、もし求婚だったら、そんなふうに突然に国境までやってきたりしないで、もっと先に使者を寄越して、公式訪問を申し入れているはずだわ。……そう考えると、フロリー親子を、特にスーティを取り戻したいための内密な訪問、と考えるのが、一番筋が通っているかもしれない。——そうね……私は……私はイシュトヴァーンを手ひどく振ってしまったのだし——イシュトヴァーンと約束をかわしていながら、それを守らずに他の男と結婚してしまったひどい女だし……それに、私とイシュトヴァーンのあいだには、しょせん大した事実はなかったんだわ。キスはしたわ——蜃気楼の草原で、何回も、愛の誓いはかわした。だけど、それだけのこと——私は、イシュトヴァーンに抱かれてはいない。……でもフロリーは……ちゃんとイシュトヴァーンに愛されて……その子を生んだんだわ。イシュトヴァーンの愛情は、私よりも——フロリーのほうに深いのかしら……）

フロリーに対しては、その素朴であどけない人柄にいたく親愛の情を抱いたリンダであった。

だが、もともと、イシュトヴァーンをめぐって微妙な間柄にある、ということは、フロリーも感じてひどくおどおどしていたし、リンダも、逆に、それで懸命にフロリーをなだめたりして、「イシュトヴァーンと自分はもうすんだことで、しかも幼い初恋にすぎなくて、大したことはなかったのだ」と、自分にもフロリーにも言い聞かせていた部分がある。

（だのに——嫌だわ。どうして、いまになってこんなに胸がざわざわするのだろう……こんなことで、直接イシュトヴァーンと顔をあわせて——俺はフロリーを愛しているのだ、だから、フロリーをゴーラ王妃に迎えるために、こうしてやってきたのだ、と云われたとしたら……私、どうするのかしら。……というより、どうしたらいいのかしら……もちろん、それは、パロ女王としての体面を保って、かりそめにも心のゆらいだり、動揺したそぶりなんか、毛筋ほども見せられないけれど……でも、私――）

リンダの心が、ひそやかに千々に乱れているのを知るすべもなく、ヴァレリウスはなおも考えながらことばをついだ。

「もしもまあ、その用件できたのだ、というのであってみれば、かえってパロ宮廷としては、これはまったく行きずりにまきこまれたような事柄ですから、いまはもうここにはいない、当人たちがパロに迷惑をかけたくないし、イシュトヴァーン王には会いたくないから、といって行方も告げずに立ち去ってしまった、ということで、かえってあっさりすむのですけれどもね。ヤガへ、といってしまうとまたいろいろとさしさわりもありましょうから、『どこへ行くつもりかは何も云っていなかった』で押し通したほうがよろしいでしょう。それに、ある意味ではそれは本当なのですし。――ヤガへ、といっていたのはフロリー嬢の言葉だけで、本当にそうしたかどうかは、我々は何も知ってはいないのですからね。本当にヤガに向かったかどうかは」

ヴァレリウスは強調した。実際には、ヤガまでの馬車を仕立てて、多少の護衛までもつけてフロリー親子を送り出してやったのだが、そんなことはイシュトヴァーンに説明する必要もない。

「しかし、だから、フロリー親子が目的であった場合にはよろしいですが、もしも求婚であった場合が面倒くさいですな。――うわさですが、クムのタリク大公も、リンダ陛下の喪があけたら、正式に使者をたててリンダ陛下をクム大公妃にと申し入れたい意向をすでに明らかにされています。まあ、この場合は、もう、リンダ陛下はパロの聖王家の青い血を純粋に保持されるという重大な任務のために、国内で、親族との再婚を選ばれるであろう、という断りが簡単に出来ますが……」

思わず、ヴァレリウスもリンダもちらりとアル・ディーンを見つめた。

アル・ディーンは、ちょっとくちびるをかんだだけで、おもてを動かさなかった。このところ、いろいろと物思うことがことのほか多いらしく、あれほど饒舌なマリウスも、めっきりと「無口なアル・ディーン殿下」になりおおせていたのである。もっとも、何かのはずみに、なかなか気の合う、と思われる小姓だの、伶人だのと気楽な話が出来るようなことがあったら、たちどころにもとのマリウスを取り戻しはしていたのだが、そういう機会はなかなか与えられなかったのも本当であった。

「イシュトヴァーンに対しても、そういう断り方、というのは……しても平気なのかしら……」

リンダはひどくためらいながら云った。

「もう、その――私は、再婚が決まってしまった、というような。もしも求婚が目的であったとしたら、それはとても論理的なお断りの方法で、一番角がたたないと思うわ。でも問題は……」

「そう、問題は、その後、陛下がいつまでも再婚を発表されなかった場合、『自分をたばかり、嘘をついた』と、イシュトヴァーン王にせよタリク大公にせよ、おのれの体面をつぶされたと感じるかもしれない、ということでありますな」

ヴァレリウスはあごをなでた。

「むろん、実際に、そのお話が本当になってしまうのであれば、何の問題もございませんが……ただ、問題は……」

「………」

「………」

アル・ディーンとリンダは、多少複雑な表情で、互いをなるべく見ないように目をそらしていた。

どちらも、そんなに仲が悪いわけでもなかったし、特に気が合わないというわけでもなかった。だが、それが男女の間柄の不思議な部分というべきか、どちらも美男美女でもあったし、アル・ディーンには、マリウスとしての妻子がまだ、一応かたちは離婚が成立したとはいえサイロンに残ってはいたものの、実際にはどちらももう、独身といっていい身であったのだが、どういうわけか、リンダも、またマリウスも——このさいは、アル・ディーンよりもマリウスが、というべきであっただろう——お互いを「異性」、「恋愛の可能性な、結婚することも出来る相手」として見ることが、なぜかどうしても出来ないのであった。

それは、ある意味確かにとても不思議なことであった。マリウスの、オクタヴィアとマリニアについての問題はともかくとして、マリウスは基本的にきわめて女好きであるのはもう、衆目の一致するところでもあれば、いやというほど証拠もあがっていたし、それにリンダは玲瓏《れいろう》の美女であることもこれまた、疑いを入れないところであった。そうして、リンダにとっても、リンダもまたけっこう惚れっぽくもあることは自分で認めていたし、しかもアル・ディーンは亡き夫アルド・ナリスの唯一の弟であった。亡夫の弟であるからこそ、その胸に抱かれるのをためらう、という気持があるのだったら、リンダにとっては、それはそれで理解しやすいことだっただろう。だが、正直のところ、リンダには、「そのこと」自体を禁忌と思う——亡夫の弟と再婚することについては、実はそんなに抵抗があるわけではなかった。もしも、ハゾスがナリスの弟であるのだったら、喜んで再婚し、ナリスを失った苦しみをあらたな幸せによって埋めてもらおうと期待したかもしれぬ。

そう、だから、最大の問題は、マリウスにとっても、リンダにとっても、「どうしても、恋愛にはなれない」ということなのだった。恋愛どころか、結婚して、臥床を共にしたり、互いを夫、妻と呼び合う気にはどうしてもなれない——それは、実のところ、口には出していなかったが、お互いに、お互いがそう思っていることもわかっていたし、これだけの期間一緒に同じ宮廷で暮らして、しょっちゅう会ったり、食事もともにしていれば、自分が相手に対してどう思うかもわかっていた。

リンダにとっては、ヴァレリウスもまた、そういう意味でどうしても「異性」として意識出来ない相手であったし、ヨナも多少そうであった――そのなかではまだしも多少ヨナが一番見込みがあったかもしれないが、リンダは基本的にきわめて女らしい気性を持ち合わせていたので、自分に対して興味を示してくれない相手を、こちらから思いこむ、などということはまったく不可能であった。

だから、結局のところ、リンダにとっては、「自分に興味を抱いてくれない相手など、どうしてもこちらから再婚相手と考えるわけにはゆかない」というのが大部分で、それに加えて「まだナリスの喪が明けていないし、気持的にも再婚したいなどという状態ではない」ということが大きかったのかもしれない。そうして、マリウスにとっては、こちらはさらに無責任であって、フロリーにちょっかいを出していた様子からもわかるように、すでに離婚したも同然になっているサイロンの妻に対して貞節を守ろう、などというしおらしい気持はまったく持っていなかったので、もしもリンダがフロリーのような、マリウスの好ましく感じるタイプの女性であったら、問題は何ひとつなかったに違いなかった。逆にいえば、リンダがもしもマリウスのきわめて好みのタイプの女性であったとしたら、マリウスは何も四の五の云わずに、再婚するかしないかにかかわらず、喜んでクリスタル・パレスに居残ろうと決断が出来たかもしれなかったのだ。

　だが、リンダは中原一の美女とさえ呼ばれる美しい未亡人であったし、その亡夫、つまりはおのれの兄に対してのきわめて複雑な愛憎があったにせよ、逆に、その愛憎の葛藤ある兄の妻をおのれのものにする、というような展開もないわけではなかったはずで、それゆえ、つまるところは、すべては、マリウスにとって「リンダは、好みのタイプではない」というところから発していたのである。それはさきにいったとおりリンダが「中原一」とさえ云われる美人であることを考えると不思議なことだったが、それでも男女の仲とはまことに岡目八目からはどうしようもないもので、どれほど人々がリンダを褒めそやして、素晴しい美人であると云おうと、その貞淑さや聡明さや健気さを褒め称えようと――その賛辞自体にはまったく何の不服もなかったにせよ、マリウスにとっては、リンダは「女ではない」のであった。どうしてか、としいて問いつめられたとしたら、マリウスとしてはさんざん悩んだ末ではあろうが「色気がないからなあ」としか云いようがなかったであろう。マリウスの感じる色気、というものは、男装も凜々しかったイリスにもあったし、胸もなくてごくごく地味なフロリーにもあったのだが、また行きずりの農家の百姓娘にさえあったのだが、それでいて、中原一のほまれ高い美女であるリンダには、存在していないものなのであった。むろん、それはあくまでも、「マリウスにとっては」ということだったのであるが。

ず咳払いした。ヴァレリウスは、双方の沈黙のなかに、その微妙な空気を感じ取った。そして、思わ

「えー、おほん……つまり、いや、私が申しておるのはですね、あくまでも、そのようなことをクム大公にせよ、ゴーラ王にせよ、断る口実に使ってですね、そのあと結局その話はなしになった、というようなことですまされるかどうか、ということでございますので——もちろん、いろいろ事情があって破談になった、などというのはべつだん珍しいことでもございませんし、よそさまから批判されるようないわれもございませんから、ちゃんと、それはもう内々でいろいろありましたので、ということで突っぱねてもよろしいんでございますが、つまり……」

「これについては、はっきり申し上げておいたほうがいいと思うわ、ヴァレリウス宰相。というより、お互いに気持をはっきりさせたほうがいいわね、ディーン殿下」

リンダは、うかうかとヴァレリウスの策略に乗せられて、いつのまにかアル・ディーンと再婚する、などというだんどりにされてはたまったものではない、と考えたので、鋭く云った。

「いま現在、パロ国内で私が再婚しうるとしたら、それはここにおいでのアル・ディーン殿下と、やっぱりアドリアン侯だと思うけれど、私は、申し訳ないですけれど、どちらのかたもやっぱり——とても大切なかたたちですし、とても尊敬申し上げていますけ

れど、そうであればあるほど、やはりそのおふたかたを私の再婚相手に考えることはとても出来ないわ。——といって、もちろん、おふたかたのほうもそうおっしゃると思うのだけれど」

「いやいや」

急いでマリウスは云った。

「僕としても、あまりにも義姉上として尊敬申し上げていますし、亡き兄の最愛の女性でありますから、とてもそのようなおそれおおい対象として見るわけには」

「まあ、お互いにそのように感じておられるわけですし」

ヴァレリウスはいくぶん困ったように首を振った。

「いや、もちろん、ですからいまから、そのようにしてタリク大公やイシュトヴァーン王の求愛をお退けになるのが一番よいであろう、というような献策をしておるわけではございませんよ。ただ。それが一番とりあえず穏当であろうと私としてはちょっと考えただけのことです。——それに、べつだん、意中の再婚相手がいる、と云われてお断りになっても、その相手は誰だ、とまで問いつめる権利はかれらにはありませんでしょう」

「権利がないからといって素直に手をひいてくれる連中だったらね」

思わず、イシュトヴァーン嫌いのマリウスは云った。

「ことにゴーラ王については、ごり押しで有名な無法者だからな。僕としては、そのようなやつをこともあろうに一千人もの兵士を連れてクリスタル・パレスに入れてしまう、というのは狂気の沙汰に思えるんだけれども」

「それは確かにその通りですが、しかし、逆に、無法者であるからこそ、その要求をむげに拒むと黒竜戦役の二の舞になりかねない、ということもございますから……」

ヴァレリウスはげっそりしたように云った。

「何を申すにも、いま現在のパロ、ことにクリスタル・パレス周辺の警備、防衛はあまりに手薄になっております。アドリアン侯がカラヴィア騎士団に大至急クリスタルに集結せよとの檄を飛ばしてくださったとしても、カラヴィアは遠い。騎士団がこちらに到着するには、一番早くて十日はかかりましょう。そのあいだに、ゴーラ王は一千人の精鋭を率いていくらでもクリスタル・パレスを好きなように占拠出来るようなありさまですから」

「そこまで、いくらなんでも、首都の守りが弱体だとは思いたくないけれど」

リンダは思わず、暗い表情になって云った。

「でも、そうかもしれない。——だとしたら、いずれにせよ、イシュトヴァーン王をとりあえずは要求されるとおり、クリスタル・パレスに迎え入れて、とりあえず怒らせないように丁重に扱い、そうして出来ることなら私の外交手腕で、フロリーとスーティ親子を返せという要求であったにせよ、私と結婚したい、という御希望であったにせよ、それをうまくはぐらかして、平和裡にご退去いただけるよう、最大限の知恵を働かさなくてはいけない、ということなのね」

「そうしていただけるなら――それが一番よろしいかと思うのですが……」

「僕は反対だな」

ヴァレリウスが云ったことばに驚いたように、アル・ディーンは叫んだ。

「イシュトヴァーンみたいな無法なやつを、いったんパレスに入れてしまったら、それでもう終わりだよ。出てゆこうなど、やつがその気にならぬかぎりは決してしないだろうし、その前にもう、パレスのなかは引っかき回されるだけ引っかき回されて、やつのためにめちゃくちゃにされてしまうに違いない。しかもいま、ヴァレリウスが云ったとおり、一千人の精鋭がいれば、いまのクリスタル・パレスは黒竜戦役のときのモンゴール軍に蹂躙されたよりもずっと簡単に蹂躙されてしまうかもしれないんだろう?」

「それは……」

「だったら、ますます、決してクリスタル・パレスに入れるべきじゃない。僕は――そうだな、僕だったら……」

マリウスは「アル・ディーンの顔」になって深刻に考えこんだ。

ややあって、少し明るい顔になって叫んだ。

「そうだ。こうしたらどう？　とりあえず、クリスタル・パレスに入り込まれてしまったらとても厄介じゃない？　だから、シュクかどこか……適当なところに、本陣にとりあえずゴーラ軍を入れて、そのあいだにケイロニアの援軍をも呼びつつ、一応リンダ義姉上にはご足労を願ってその国境になるべく近い宿場でイシュトヴァーンを接待していてもらう。——ケイロニア軍が到着すれば、もうちょっとはこちらも強気に出られるようになるから、それまで、なんとかリンダにイシュトヴァーンをあしらっていてもらい、そうしてケイロニア軍が到着したら、それこそ自分はいまパロの青い血を守らなくてはならないのだから、とうていゴーラ王妃などにはなれないし、なる気もない、といって、やつに最後通牒をつきつけてしまう。——ケイロニアが動いていることがわかれば、なんぼゴーラの無法者でもそうそう無法は出来ないはずだよ。だっていまのゴーラは、まともにケイロニアと対決するだけの力はないはずだもの。ね、そうしたらいい」

「それは確かに一理ある考えかもしれないのですが……」

ヴァレリウスは、ゆっくりと、アル・ディーンの珍しいくらい理性的な——とヴァレリウスには思われたのだが——ことばについて検討していた。

リンダは心配そうな顔で二人を見比べながら、何も云わずにいる。

ヴァレリウスはゆっくりと口を開いた。

「さようですね——クリスタル・パレスにイシュトヴァーン王を迎え入れてしまうのは、

確かに内ぶところに飛び込まれてしまうことになって、いまのうちの国力では、とても具合が悪いかもしれません。それに、なんといっても、先日グイン王ご一行を歓待したばかりです。なさけない話ですがいま現在、国庫金は底をついておりますし、物資もほとんどございません。それで女王陛下にも殿下にも、いろいろと御不自由を堪え忍んでいただいているようなありさまでございますから——そこでいま、ゴーラ王一行一千人を迎えて、まともな歓迎なり、受け入れなりをしようというのはほとんど不可能でしょう。そのことは、正直にイシュトヴァーン王に云って——もともとが、きわめて突発的な来訪であって、予定どおりの公式訪問とかではないのですから、あちらにも非はありますし、そのことはあちらも充分わかっておりますでしょうし。——しかし、それでも、いまここで『非公式の、このような非常識な訪問は一切受け入れがたい』というところまで、ことをあらだててしまうことも——避けたいところですね、本当のところは……」

「つまり、やっぱりイシュトヴァーンを怒らせてはまずい、ということね……」

リンダは下唇を吸いこんだ。

「そういうことになりましょうか。——ゴーラ軍一千人の精鋭と申せば、いまのパロの聖騎士侯騎士団やら、あれこれの王宮騎士団、女王騎士団などの残党をすべてかきあつめて仮にそれが一万人になったにせよ……いくぶんこころもとない、というのもまことに情けのうございますが……とにかく長い内乱で、まともな騎士たち、武人たちはみな戦傷、戦死などの運命を辿り、その後まだまだ若者たちが育っているとは申せませんし、また、なにをいうにもまだ二十代なるならずのアドリアン侯が聖騎士侯筆頭になっているような——ランズベール侯にいたってはいまだ十歳にもおなりにならぬ、というようなありさまのパロ宮廷でございますからねえ。——いまはきわめて特別な、特殊な時期である、ということだけは、なんとしても認めざるを得ませんし……」

「わかったわ」

いくぶん唇をひきつらせながら、リンダは云った。

「そういうことなら、私がとにかく、なんとかしてイシュトヴァーンをなるべくクリスタル・パレスに入れないままで、パロから帰るように仕向けてあげればいいということね。私、なんとかやってみるわ。それが、女王としての私の知恵や手腕にかかっているのなら、私、なんだって出来ると思うわ」

「シュクはいささか方向違いですから、やはりユノかケーミ、ということになりましょうか……」

考えながらヴァレリウスは云った。

「いまのところ、ゴーラ軍はユノ砦の外の自由国境地帯にいて、国境を越えぬように気を遣っているようです。いつまでそのくらいおとなしくしていてくれるかわかりませんが、ともかくも、まず最初にかっとなって暴れ出されないよう、まずはケーミ、出来ればユノで会見の運びになれるようにと私が出向いて折衝してみましょう。それしかありますまい」

「苦労をかけるわね、ヴァレリウス」

リンダは悄然といった。

「本当に、いまのパロは……あなたに苦労ばかりかけるわ。でもあなたがいなかったらとても成立しないわ。もう私もとっくにすべてを投げ出しているところだわ」

「そのようなお褒めには及びません」

むんずりと、ヴァレリウスは返事をした。実際は、相当にこの突発事態に閉口していたのだ。

「ともかく、敵はゴーラ王ですからね。なかなか一筋縄ではゆきますまいが――なんとかするほかはありませんね。まったくあとからあとから、いろいろろくでもないことばかりおこるものです」

3

（ああ、ほんとに――あとからあとから、ろくでもないことばかり起こるものだ……）

それは、まさに、自由国境地帯に向かうべく、ただちに魔道師部隊から十人ばかりの小隊を選んでクリスタル・パレスを出発しながらの、ヴァレリウスのきわめて正直な、実感のこもった感慨であった。

（やっと、グイン王がサイロンに帰り、フロリー親子がヤガに旅立って――クリスタルがなんとか平和になり、賓客がいてたえずそのもてなしを気にしなくてはならない状態からも解放されて、日頃の静かな暮らしに戻れると思ったら――こんどはこれか）

今度の突発事はまた、結局どちらにどうころんでもただごとならぬ結果を招くかもしれない、非常な大きな危機感をひそめている。

（やはり、もしスーティを取り戻しにきたにしても、そのくらいの用件だったら、当人が来るまでのことはないだろう。――結局のところは、求婚なんだろうな……）

イシュトヴァーンがもともとリンダと言い交わした初恋の間柄であったことは、とくにヴァレリウスも知っている。タリクがリンダに求婚したい意向であることも、当然ゴーラには届いているだろう。

（タリク大公にかっさらわれる前に、なんとか出来るものなら、と……そう思ってかけつけてきたんだろうな――いきなり当人が国境地帯にあらわれる、ということは……こちらだって、少しは魔道師を間諜に送り込んでいたんだから――といっても、以前の情報網とは比べものになりはしないが。もう、魔道師ギルドそのものが極端に弱体化しつつあるからな……だが、それでも一人や二人の魔道師の斥候は入れていた。そこから何も報告がなかったということは、ごく突発的な――もしかしたらイシュトヴァーン王の独断専行による行動、衝動的な出来事だったのかもしれない）

ゴーラの首都イシュタールには聡明なカメロン宰相がいる。カメロンはいたって常識人で、このような突拍子もない行動を、とうていイシュトヴァーンにとらせることを積極的にすすめようとは思われない。

（くそ――だが、困ったな。本当に、マリウスさまとリンダさまが、互いにその気さえあれば、べつだん何ももう困ることはないんだが……）

もっとも、それでいざ、手酷く振られたときにイシュトヴァーンがどう出るか、実力行使に出てパロを占領しようとするか、それまでは、わかったものではない。初恋をかなえに――などときれいごとをいったところで、所詮ゴーラとパロ、という、これまでに実にさまざまな因縁のあった二つの中原の大国どうしなのだ。その領袖どうしが結婚するかどうか、というようなことは、それはもう、一般人の恋愛と同じような、ただただ恋しいとか、愛しているとか、それだけで考えることは出来はしないのだ。

（結局、パロが欲しいんだろう、ゴーラ王は――それも、いま、ケイロニアがうしろだてに立つことをはっきりと宣言したばかりで、戦争沙汰ではしんどいから、それが平和裡に、リンダ女王が自分の求婚を受け入れて、というようなかたちでゴーラとパロがひとつになれば、それが一番望ましいわけだろう、イシュトヴァーンとしては……）

だが、パロがとうてい受け入れないだろう、ということも、あらかじめわかってはいるはずだ。それでもなお、そうして国境まで、まず姿をあらわしてしまう、ということ自体に、ヴァレリウスとしては、不吉なかげり、黒竜戦役の不気味な再現を感じないわけにはゆかない。

ただちに、《閉じた空間》を使って部下の魔道師軍団もろとも国境地帯に飛びながら、当然、ケイロニアにはただちに使いを走らせてこの事態を報告し、善処してくれるよう頼み込んであったし、また現在パロに駐留しているケイロニア軍の最高責任者である、金犬騎士団のメルキウス准将には、すでに出発する前に直接ヴァレリウスがその宿舎にかけつけて、急ぎこととしだいを報告し、とりあえず当面の、クリスタルの守りを引き受けてくれるよう、要請してある。それは、ケイロニア宰相ランゴバルド侯ハゾスとのあいだで締結したパロ－ケイロニア和平条約の条件でもあったし、いざメルキウス准将の率いるケイロニア金犬騎士団の二大隊が、ゴーラ軍の前に牽制すべく姿をあらわしたときには、イシュトヴァーン王にちょっとでも分別さえあったら、それだけで世界最強の軍事大国ケイロニアあいてに無謀な戦線をひらく気持は捨ててしまうに違いない、とヴァレリウスは考えていた。

（いくらイシュトヴァーンでも、そこまで無茶ではあるまい……いまのゴーラには、確かにかなり力をつけてきてはいるけれども、なんぼなんでも大ケイロニアを——しかもあの軍神グイン陛下の率いるケイロニアを正面きって敵にまわすだけの力はまだついてはいないのだから）

イシュトヴァーンとても、たとえその統治のしようがどれほど暴虐であっても、逆にいくさについてだけは、堪能でもあれば、これまでその軍事力や、戦争に対する天性の才能でもってここまでのし上がってきたのであることは間違いない。

そうであってみれば、敵とおのれの実力差を見極めて、決して勝利の可能性のない戦いになど乗り出さない、ということは、戦さに適性をもつものの最初の知恵である。

（だからこそ、それだけに、ものごとを平和裡に——純然たるロマンスの問題として処理しようとして、このようなかたちにしたんだろうけれどな……）

ヴァレリウスには、だが、ゴーラ王イシュトヴァーンに対する、どうにもとくことのできない深い恨みがある。

それは、とりもなおさず、「ナリスさまは、お前のために亡くなられたのだ！」という恨みであったし、リンダもまた、それについては、口には出さないが、かなりこだわっているようだ。

（いまになって、どれだけ辞を低くしてわびをいれてきても——いまさら、ナリスさまは戻ってはこられないんだ……それに、ナリスさまさえ生きておられれば、もちろんお前の出る幕なんかないんだ……）

おのれが引き回してとうとう殺してしまった人の妻に、いまとなって——といっても、まだすべての記憶がすっかり遠い時の彼方に薄れて、怨讐の果て、となってゆくまでにはとうていいたらぬ程度の時間のあとに、平然として求婚に来よう、というイシュトヴァーンの神経が、どうにもわからぬ。だけではなく、まことに不愉快だ、とヴァレリウスには思われてならぬ。

（だが、事実、それが起きている以上——俺は、おのれの気持はどうあれ、なんとしてでも、事態を収拾しなくてはならないわけだが——それが、俺の役目なんだから……）

（あーあ——本当に、いつだって俺だけが貧乏くじをひくんだな……）

《閉じた空間》は、通常の三分の一以下の時間で、ヴァレリウスを自由国境地帯に運んだ。

そのあたりまでくると、もう、周辺は一面の深い森である。国境周辺といっても、イシュトヴァーンが軍勢をとめているのは、ユノ砦の少し北側、ユノとシュクの二つの国境近くの宿場のうち、ユノのほうにぐっと近い、といったあたりの丘陵で、そのあたりにはあまり人里もない。パロの北側の自由国境地帯は、ことにシュク側のほうは、ケイロニアとのあいだにワルド山地という、かなり高い山地をひかえているから、あまり住まうものもいないし、自由開拓民もほとんど集落を作っていない。

それに比べればユノ周辺はかなり平地になってきているので、いくつかの自由開拓民の村がユノの北に出来ていて、それは最近ではけっこう発展している。赤い街道も、ユノ街道を中心に、ゴーラ三国からのものが幾本も通じているので、貿易の往来も活発だ。しかし、イシュトヴァーンは、あえてその、往来の活発な、にぎやかなユノ街道周辺を避けて、ユノ砦が見えるか見えないかくらいの丘陵部に陣を張って一千人の部隊を駐留させている、という報告が、先乗りさせた魔道師からやってきていた。

（おそらく、その場所の選びかたは、ユノ周辺にあらわれて、ユノ地区のものたちに大きな話題になってしまわぬように、ということなのだろうが……）

ありとあらゆる怨讐を別問題としたとしても、現在、パロの経済状態は最悪のさらにその底をついたありさまで、この秋の収穫からの税だけを頼りに、必死になんとかやりくりしているような状態だ。そこに到来したケイロニアの使節団とグイン王の歓待は、ヴァレリウスには相当に頭の痛い問題だった。

その分、ケイロニアからの資金援助もあって、ようやく多少息を吹き返した格好になり、やれやれ、これでなんとか体勢を立て直せる、と考えていたばかりの矢先だ。そこに、またしても、一千人の兵を引き連れた隣国の君主、などというものに到来されては、いっぺんにまた、このところヴァレリウスが幾晩も寝ずに計算して組み立てた、今年後半にむけてのやりくり計画は破綻してしまう。それだけでも、ヴァレリウスには、イシュトヴァーンのこの行動をうらんだり、怒ったりする理由が十二分にあった。

（うわ……うじゃうじゃ、むらがってるな……）

まずは、部下の魔道師部隊の半数をユノ砦にさしむけ、残りを近くに待機させておいて、ヴァレリウスはそこからひとりで空を飛んで、おのれの姿を隠したままの空中からの偵察に入った。

ユノから二十モータッドほどもはなれた静かなひっそりとした、人家もない丘陵地帯に、丘と丘のあいだに身をひそめるようにして、イシュトヴァーンは一千人の精鋭に野営の陣を張らせている。クリスタル・パレスから返答があるまで、何日でもそこで陣を張って待ち受けているつもりだぞ、と宣言するかのように、そこに張られている陣営は、あまり一時的なものではなく、イシュトヴァーンの本陣などはきちんと柱をたてて天幕の屋根にも本格的に板を用いた、何日も滞在出来そうなものだ。

その周辺に天幕を張っている部下たちのほうは、さすがにそこまで本格的な滞在の用意はない。だが、野天で馬とともに宿泊している騎士は一人もおらず、上空から見下ろすと、きちんとそれぞれの部隊にわかれていくつかの大天幕が張られて、そのかたわらに部隊長たちのためのだろう、やや小さい天幕がイシュトヴァーンの本陣を取り囲むように張られ、そして一番外側に馬たちのための、ごく簡単な、柱を組み立てて上に油布を張っただけの屋根が出来ていた。その円形の陣のなかで、歩兵たちがごそごそと動き回って用をしていたり、軽装のよろいかぶとの騎士たちが馬の面倒をみたりしている。

いずれを見ても、こちらの先入観のせいなのか、パロが現在集められるさまざまな騎士団の面々よりもずっと大柄で無骨で強そうだ。もともと、ユラニア民族はパロ民族よりもそれほどきわだって大柄だったり、武辺だったり、ということもなかった、同じように頽廃的で文化的な古い民族であることを誇る、遊び好きでなよやかな人々であったはずなのだが、そこに群がっている、大半はごく若いゴーラ兵たちは、ヴァレリウスの目には、なんだか、クムの無骨な連中がそこにいるかのようにうつった。

（なんだか、ユラニア人たちは、イシュトヴァーン王の影響で、だんだん武の民にかわってきつつあるのかな……）

むろん、それは、職業軍人や、こうしてかりあつめられて連れてこられる歩兵や輜重《しちょう》兵だけの話かもしれないし、ことにイシュトヴァーン王ともあろうものが、わずか一千人をひきいてやってくるからには、その一千人はきわめつけの精鋭だけであるはずだ。だから、この陣営がそのようにごつく、武辺に見えたとしても、それは当然かもしれない、と思いつつも、ヴァレリウスはいやな気分で幽鬼のようにイシュトヴァーンの陣営の上を何回かぐるぐるとまわっていた。下から、偶然上を見上げて、何か飛んでいるものがある、と見分けるものがいても、巨大な黒いカラスか、それともコウモリだ、としか思わないだろう。そのように、暗示を放出しながら遊弋《ゆうよく》しているのである。

（くそ、仕方ない。——なんとかして、まずはゴーラ王《ガーガー》の腹の内を探るか。あんまり、あいつに、会いたくないんだけどな……）

顔を見れば、たちまち、ナリスの最期のこと、そこにいたる胸のいたむいきさつ、そのそもそものきっかけとなったマルガでのイシュトヴァーンの裏切りのことを思い出さないわけにはゆかない。

いまでこそ、多忙にまぎれて、ゆっくりと感傷と悲哀に身を沈めるいとまもなくかけまわっているけれども、ヴァレリウスのなかでは、いっこうに、まだ、ナリスの死、という悲劇は消化されてもいなければ、時をへて遠いことになってもいはしないのだ。本当をいえば、力さえあれば、いっそパロのほうがゴーラに宣戦を布告して、ナリスの弔い合戦を行いたいくらいの心境なのである。

（イシュトヴァーンを大目に見たのだって、そもそもは——結局、リンダさまが、あいつのことをひそかに憎からず思っていられたからなんだ。——むろん、あのあといろいろあって、もちろん以前のような気持ではいられないには決まっているけれども……だが、そもそもあのかたは、惚れっぽいんだ。……というか、気が多すぎる。まだ若い、きれいな女性なんだからしかたないとはいうものの、本当をいうと、このあと一生、ひとり身のまま女王をつとめるにはあのかたは綺麗すぎるし、それに気質も明るすぎる。——それはそれで可哀想でもあるんだが……しかし、とにかくイシュトヴァーンでは困る……というより、俺が許さない。ナリスさまになりかわって、何があろうと——リンダさまが、昔の初恋を思い出してイシュトヴァーンになびくようなことはさせん）

ヴァレリウスは、イシュトヴァーンの本陣の屋根の上に、ほんもののガーガーさながらに、ひょいと舞い降りて《翼》を休めた。

もう、日が暮れかけていて、下では、そろそろ野営のかがり火を歩兵たちがともしはじめている。あちこちの天幕の前で、ぱっぱっとかがり火が焚かれ、オレンジ色のあたたかな火の色が、見渡すかぎり黒々とした丘陵地帯とその向こうの山岳地帯と森林地帯で、どこにも人家の灯火のないこのあたりのたそがれどきを、優しく照らし出す。馬のいななき、足掻く音、ガチャガチャとよろいと剣のふれあう音など、野営に特有の騒音も、まわりに集落ひとつないこの自由国境のひろがりに、ふんわりと飲まれてゆく。

（イシュトヴァーンのやつめ、何をしているのかな。——ふらりと出てこないかな。いっそ、出てきたら、毒の吹き矢でも吹きこんで、うなじに一発お見舞いして……それで、すべてをカタをつけてやりたいくらいだが……）

そうなれば、中原をおおいに騒がせている野望にみちたゴーラ王のひとさわがせな生涯も短いままに終わり、さまざまなものごとがいっぺんに変わっていってしまうに違いない。

それはそれで魅力的な考えだ――と、天幕の屋根の上に巨大なガーガーのようにひっそりととまったまま、ヴァレリウスはしばらく考えていたが、しかし、実際にはそうするわけにはゆかないことは百も承知であった。そんなことを無断でしたら、リンダ女王がどういうか、ゴーラ軍が、ことの真相を知ったときどのような報復手段に出るか、というようなことの以前に、ヴァレリウスは、魔道師のおきてと厳しい倫理の法によって、魔道を使って一般人――つまり魔道師でない人間のいのちをやみくもに奪うようなことをかたく禁じられているのだ。もしも魔道を暗殺に使う場合には、魔道師ギルドに申請を出し、その相手が殺害されても当然だ、という十二分すぎる理由が認められて、その上になおかつ、その魔道の使用者は経歴に一生浮かび上がれない傷がつく、というだけの手続きを踏まなくてはならない。それは、魔道師であれば《何でも出来る》だろう、無辜《むこ》のものを誰にも知られず殺すことも、ひとの家のなかにひそかに忍び込むことも出来るであろう、という一般の人々の想像と恐怖によって、魔道師の激しい迫害と殲滅への運動が起きたことのある、過去の経験から、きっちりとさだめられた、「魔道によって通常の人間の生命を害したり、行動をいたずらに誘導したり、思考をコントロールしたりしないこと」という、魔道十二条のおきてであった。

（ち……）

しばらく、ヴァレリウスは、ゆらゆらと黒マントをひろげたまま、イシュトヴァーンの天幕の上にとどまっていたが、それから、マントをさらにひろげ、ひらりと虚空に舞い上がって、かなり長めに滑空してから、舞い降りた。舞い降りた先は、ゴーラ軍の張った円形の野営の陣の、《入口》とみなしてよさそうな、多少あいだのあいている場所であった。

突然空中から出現した、などと思われぬよう、あえてちょっと手前の茂みのかげに入り、それから、心話で五人ほどの、ユノにゆかせたのとは別に待機させておいた魔道師たちを呼び寄せて、おのれのうしろに従わせた。その魔道師たちは規則にしたがい、魔道師のマントのフードを深くおろしたままだが、ヴァレリウスは素早く魔道師のマントを脱ぎ捨てて、部下に持たせた。その下には、あらかじめ、一応、一国の宰相が他国の君主に使節としてあらわれるのに見苦しからぬ正装、と考えていい、ベルトのついた長い法服を着込んでおいたのである。

同時に、部下の魔道師に、パロの旗を取り出して掲げさせた。そのまま、魔道師たちをひきい、旗持ちをうしろにおいて、陣の外側におかれている歩哨の前へ進み出てゆく。ざわざわっとゴーラ軍の陣地にざわめきが走って、急いで騎士たちがそこを防ぐように走り出てくる。

「これは、パロ聖女王リンダ・アルディア・ジェイナ陛下より、パロ宰相の任務をうけたまわる、サラミスのヴァレリウス伯爵と申す者であります」

ヴァレリウスは大声で名乗りをあげた。

「こちらはゴーラ王イシュトヴァーン陛下の御陣営と拝察いたします。イシュトヴァーン陛下よりのお使者を頂戴いたし、わたくしヴァレリウス宰相がみずから御挨拶にうかがわせていただきました。イシュトヴァーン陛下にその旨をお伝え下さい」

「かしこまりました」

さっとかれらの行く手をふさぐようにしてあらわれた騎士たちのなかで、隊長とおぼしい、かぶとの上に長い羽根飾りのついた若い騎士が進み出て丁重に答え、同時に片側にいた部下に伝令にゆくよう合図をした。

そのまま、待つほどもなく、小姓が数人走ってきて、「イシュトヴァーン陛下はお待ちかねでございます。ただちに、お目にかかりたいとのことでございますので、ご本陣までおいで下さい」と伝えてきた。ヴァレリウスは、部下たちを連れて、大股にゴーラ軍の陣営のなかに入っていった。

左右から、ゴーラの騎士たち、歩兵たち、輜重兵たちがじっとかれらを注視しているのがわかった。おそらく、まだみな若いようすのゴーラ兵たちには、魔道師という存在そのものが物珍しく、見慣れないものにうつるのだろう。ユラニアでは、もとは魔道師も存在していたし、そのはたらきを政治むきに使うことも普通だったが、いつのころからか、何代か前のユラニア大公が、お家争いの結果黒魔道師によって暗殺される、というような事件が起きてから、魔道師の登用が禁止されている、また、魔道師そのものが、その事件のあおりをくらって迫害されたり、虐殺されたりすることがあって、ユラニアを逃げ出してパロに魔道師ギルドを頼って集結していった、というような過去もあって、現在のユラニアでは、ほとんど魔道師は活躍していないはずだ。モンゴールでは、魔道師は参謀として重用されていたし、クムでも、占い、魔道のたぐいは盛んだが、もっとも頽廃的でそのような神秘主義には好意的なはずのユラニアで、魔道師たちがあまり活躍していないについては、そのような過去のいきさつがあったはずだった。

そのことをなんとなく思い出しながら、ヴァレリウスは、ひとりおもてをさらけだして堂々と歩みを進めた。部下の魔道師たちは黒い不吉な影のようにおもてを隠したまま、それに従ってくる。もう、すっかりあたりは暮れて、あちこちで焚かれている巨大なかがり火がゆらゆらと陣営のそこここを照らし出している。煙くさいにおいにまじって、そろそろ夕餉の支度に入っていたのだろう、兵糧の乾麦を煮たり、肉を焼こうとするらしい良い匂いもほんのりと流れてくる。

「ゴーラ王イシュトヴァーン陛下、パロ宰相ヴァレリウス伯爵閣下のお見えでございます」

小姓が、さっきヴァレリウスがその屋根の上にガーガーのようにとまっていた、一番大きな、簡単な本建築の本陣の前でひざまづいて、大声で奏上した。すでに、話が通っていたので、イシュトヴァーンはヴァレリウスを迎える用意をして待っていたようすだった。

「お通りいただけとのおことばでございます」

すぐに、本陣のなかから出てきた近習がそのように告げて、ヴァレリウス一行は、ただちに本陣のなかに迎え入れられた。

が、「失礼ながら、宰相閣下おひとりにて、陛下の御前にお進み下さいますよう。お供のかたがたは、次の間にてお待ちいただくようにとのおことばをいただいておりまず」と近習に云われて、ヴァレリウスがうなづいてみせると、魔道師たちは旗持ちも含めて、手前の小さな室に待機させられた。そのまま、ヴァレリウスは、近習に導かれて、奥へと進んでいった。

といったところで、いかに簡単とはいえ本建築だといっても、つまりは「仮天幕ではない」という程度のものである。壁は天幕の布で出来ているし、床が張ってあるわけでもない。ただ単に、天井が板で張ってあって、雨風をしのぐに天幕よりも強力なようにしてある、と言う程度のことだ。それでも、奥の《居間》に入ってゆくと、そこには、地面に一面に油布と、その上に持参してきたらしい絨毯を敷き詰めて床らしいこしらえにしてあり、その上に、室の一番奥にこれも持参してきたのだろう組み立て式のかなり大きな椅子をおいて、イシュトヴァーンがそこに数人の騎士に取り囲まれて座っていた。

（出たな……）

ヴァレリウスはぐっとこみあげてくるものをこらえた。この瞬間がイヤだったのだ、とひそかに思う。

（ナリスさまは……お前のせいで……）

出来るものなら、その場で、たとえ魔道師としてのきびしい罰を受けなくてはならないとしても、ありったけの能力をふるってイシュトヴァーンを暗殺してやりたいほどの思いが、ヴァレリウスのなかには今ではある。

だが、ヴァレリウスは、ぐっとこらえた。そして丁重に、進み出てこうべをたれ、膝をついて、隣国の君主への礼を行ったのだった。

4

「久しいな、ヴァレリウス」

そのヴァレリウスの耳に聞こえてきたのは、悠揚迫らぬ、以前よりもいくぶん声が低くなったのではないか、と思われる、だが聞き覚えのある声だった。

「は……イシュトヴァーン陛下には、御機嫌うるわしく……」

ヴァレリウスは、（いっそ、伝え聞くグイン陛下と一騎打ちで大怪我をしたというさいに、くたばってしまえばよかったものを）と云いたい心持をこらえて、丁重に挨拶した。

「このたびはまた、思いもよりませぬ突然のおこしにて——あらかじめお知らせなど頂戴出来ますれば、私どももお迎えの支度などととのえてお迎え出来ましたのでございますが」

「わかってる。そう固いことをいうな。パロでは、こうやって突然にやってくるのがぶしつけだってことくらい、よくわかってるさ」

イシュトヴァーンは妙に上機嫌であった。

そのことそのものが、ヴァレリウスには、いかにも下心をたっぷりとため込んでいるように思われてならぬ。

目をあげて、向かい合った椅子に長いマントをひろげて腰かけているイシュトヴァーンの姿を、ようやく見る気になったのは、もうちょっとあとだった。

「相変わらず、固いんだな、お前のとこは。だが、俺もまあ、思い立ったが吉日ってやつで、ついついこうして押し掛けてきちまったが——やもたてもたまらなくなってな。だが、それが不作法で、王様にはあるまじき軽挙——なんてんだっけ、ああ、軽挙妄動だってことは、カメロンにもさんざん怒られたし、てめえでも、わかってねえわけじゃあねえんだ。だが、それでも、こうしてきちまった。まあ、それだけ、気もせいてたってわけだ。許せよ」

「いえ——そのようなことは、むろん私どものほうこそ、許すも許さないもないことでございますが……」

ヴァレリウスは、ようやく、目をあげてイシュトヴァーンを見た。

（こやつ……）

イシュトヴァーンは、元気そうだ、というのが、ヴァレリウスのさっと見た第一印象だった。

ただ単にいつもどおり元気だった、というのではない。この前に、イシュトヴァーンがパロを去っていったときには、事情も事情だったせいもあって、もっと悄然とし、さしもの横車押しのゴーラ王もかなり打ちのめされたように見えてはいたのだ。もしそうでなかったとしたら、ヴァレリウスとしては、もっと憎悪と怒りをこらえきれぬところだっただろう。

だが、いまのイシュトヴァーンは、ただ単にからだや心が元気を取り戻した、というだけではない――ように、ヴァレリウスには見えていた。

どこがどう変わってきたのかは、まだ、こうしているだけではヴァレリウスにはわからない。そもそも、ヴァレリウスは、あまり平常時のイシュトヴァーンをよく知っているわけではないのだ。ヴァレリウスがイシュトヴァーンと出会うのはつねに、いくさのさなかや、あるいはヴァレリウスの任務の途中であったり、イシュトヴァーンのほうが何か難儀にまきこまれた最中であったりして、とうてい、平常時とは言い難い。

だが、明らかに、それらの条件を考えても、（こいつ――どこかしら、変わった……）とヴァレリウスには、妙にまざまざと感じられたのだった。ヴァレリウスは、目を細めて、ひそかにイシュトヴァーンを鋭く観察しはじめた。どこがどう変わって、その結果どのような考えが当人のなかに生まれたのか――あるいはその逆で、なんらかの策略を考えついたからこそ、そのように変わったのかもしれないが、それを、突き詰めてあばきたててやりたかったのだ。

（やはり、リンダさまに求婚してやろうという腹づもりですっかり気持が明るくなったのかな……）

イシュトヴァーンの顔が、妙に明るい、と見えたのだ。もともと、浅黒い顔の周辺に漆黒の長い髪の毛と、黒くあやしいまなざしがあって、どこかしら暗く見えがちなイシュトヴァーンの顔だが、それが、妙に明るい輝きをなかにはらんでいるように見えたのだ。

「ちょっと、お前ら、外にいってろ。俺はヴァレリウスと二人で話がしたいんだ」

イシュトヴァーンは無造作に小姓たちを遠ざけた。小姓たちが急いで室の外に立ち去ってゆくのを待って、二人きりになったのを確かめ、イシュトヴァーンは椅子をぐいとヴァレリウスのほうに引っ張って近づけた。

「ほんとに、突然、前触れもなくやってきちまって、すまなかったと思ってるんだ。リンダにも、そう云っといてほしいんだけどな」

イシュトヴァーンは内緒話らしく声をひそめた。

「なあ、だが、率直に、ほんとにありのままに俺のきた理由をいうから、そうしたら、あんた、ちょっと俺に便宜をはかってくれねえかな。便宜――っていったって、そう大したことをしてくれとかって云ってるんじゃねえんだ。あんたに鼻薬をかがせて、あんたを俺の味方に抱き込もうなんて思ってるわけじゃねえ——おそらく、そんなのは、あんたは賛成してくれねえだろうしな。あとは俺が勝手にやるからさ、そうじゃなくて、ただ、なんというんだろう——俺がクリスタル・パレスにしばらく逗留出来るように、かなりこれは、パロにしてみりゃ、伝統ある王国なんだし、異例のことかもしれねえんだが、そこをなんとかうまくはからって、前もって使者はきてたんだけど、話が届いてなかったってことにしてくれるとか——まあ今回は特例ってことにしてくれるとか、そういうことにして、俺がクリスタル・パレスに無事に入って、でもってそこにしばらく滞在出来るようにしてほしいんだ。いや」

あわてたようにイシュトヴァーンは付け加えた。

「勘違いしねえでくれ。いまのパロって、けっこう大変なんだろ。そのへんは、俺もきいてるよ。だから、ご丁寧にもてなしてくれたりする必要は全然ねえんだ。俺なんざ、うめえものだの、舞踏会だの、そんなもてなしをされたって困るだけだし、あ、それからな、俺が連れてきた一千人のやつらは、充分に兵糧を持たせてあるから、ここにずっとしばらくいさせてもいいし——もしも国境外じゃあ何だってことだったら、ユノなりケーミなり、国境の近くの砦にでも入れてもらって、そこでしばらくいさせて貰えたらなおいい。俺と一緒にクリスタル・パレスにゆくのは、ほんの二、三十人で充分なんだ。というか、そのほうが、あんただって、安心だろう」

ヴァレリウスの心配はすべてわかっているぞ、といいたげに、イシュトヴァーンはにやりと笑った。多少ゆがんだ笑いに見えたのは、おそらく、まだ顔の傷が少し残っていて、頬がひきつっていたからだろう。

「あんたら、クリスタル・パレスの幹部たちが一番心配するのは、なんたって、一に俺が大勢の兵隊を連れてきて、黒竜戦役のときみたいに、突然クリスタル・パレスのなかでキバをむいて——パロの心臓部をいきなり占領にかかるとか、そういうことだろ。それから二には、もしそうじゃなくてごく平和な目的でやってきたとしても、いまのパロだと、こんなに大勢の兵隊がいきなり増えて、そいつらを食わせたり御馳走したりしなくちゃならねえとなったら、そんな金はねえよ、ってことだろ。——それもみんなわかってる。おい——あ、いけねえ、人払いしちまったんだった」

イシュトヴァーンは苦笑して、立ち上がると、無造作に自分で奥に入ってゆき、なにやら革袋を提げて戻ってきた。奥、というよりも、この建物の突き当たりに、この居間に続いてイシュトヴァーンの寝室がもうけられているようだった。

「ほら、これ」

イシュトヴァーンはその革袋をヴァレリウスの前において、軽く膝をつき、その袋の口を縛っているひもをほどいて中を見せた。ヴァレリウスは目をわずかに細めた——その袋のなかには、ぎっしりと、砂金と金の粒が入っていたのだ。

「これ全部で三千ランあるはずだ。そう命じて持ち出してこさせたからな。これだけありゃ、一千人の兵隊と俺が、そうだな、一ヶ月食わせてもらうためのアゴ代くらいにゃ、足りるだろ。寝るほうは、それこそ下っ端の兵士どもは、野っ原だって文句は云わねえんだし」

「しかし、陛下、それは……」

「すまねえとか、そんなに気を遣ってもらっちゃ困るとかは、云いっこなしだぜ」

また、イシュトヴァーンはにやりと、もうちょっと歪んだ笑みをみせた。

「俺も、こうしていきなりぶしつけに押し掛けてくることについちゃ、ちょっと気がとがめたり、気がさしたりしてるんでな。だから、ちゃんとこうして、滞在費を持ってきた、ってわけだ。これで足りなけりゃ、また国もとから取り寄せる。っていうか、本当はもうちょっと持ってるんだが、すべてをいまここで吐き出しちまうと、もし追い返されたとき、ゴーラに帰る旅費もなくなっちまうからな。なにせ、一千人だから」

歌うようにイシュトヴァーンは云った。愛想よく微笑みながら話しているにもかかわらず、どことなく、そのことばの奥に、(追い返せるものならば、追い返してみろ。そのときには……)という、恫喝、とは云わぬまでも、いくぶん力づくな響き——いま現在のパロの国力や軍事力を十二分に知っているものの響きがあるのを感じて、ヴァレリウスはかなりむっとしたが、おもてにはあらわさずにこらえた。

「それは、しかし……」

「これは、とりあえず、兵士どもの滞在費だからさ。俺についちゃ、また、必要だってんだったら、もう少し別に出してもいい。——だが、俺はそう食うわけじゃねえぜ。それこそ噂にきく、ヴァラキアのオリー・トレヴァーンみたいに、鯨飲馬食するわけじゃねえんだ。ま、酒のほうは、けっこう欲しがるかもしれねえけどな。でも、その分は、自分でも少し酒だけはタルで持ち込んできてるしさ。好みの酒をな。パロの酒は、云いたかねえけど、みんな甘いんだもんな。——強くて、辛い、男の酒ってやつを、俺の好きなやつを、持ってきてるんだ。だから、当分は、そいつを飲んでれば、俺はべつだん、あとは、朝飯と夜飯に、ちょこっと肉でも出してくれりゃ、それで満足だぜ。宴会なんか、ちょっとも用はねえし、もともとゴーラじゃあ、そんな型どおりの宴会なんか、したためしがねえんだ。俺がイヤがるからな」

イシュトヴァーンは、やはり、妙に明るくふるまおうとしているように見える——という思いは、ヴァレリウスのなかでますます強まってきていた。

ある意味破天荒だったり、突拍子もないようなことばを吐きながら、イシュトヴァーンのおもては妙に明るく平静なままだ。もともとは確か、イシュトヴァーンという男は、ほんのちょっと機嫌を損じてもたちまち眉間に暗雲が走り、下手をすればそのまま腰の剣が鞘走って、大したおちどもない小姓を手打ちにしたり、という荒々しい機嫌の波がある暴君、として中原にその悪名を轟かせたはずだ。

むろん、立場上——押し掛けてきた客の立場として、クリスタル・パレスに受け入れてもらうためにきわめて辞を低くして機嫌よくこしらえているのかもしれなかったが、それにしても、イシュトヴァーンのおもては明るく、そしてその声も、態度も、いかにも明るいままだった。

それに、イシュトヴァーンが、なんとなく、まったくそうとわからぬほどのものではあるが、自分——ヴァレリウスに媚びているような感じがあるのを、ヴァレリウスは妙にひしひしと感じ取って、なんとも妙な気分だった。イシュトヴァーンが、ヴァレリウスの機嫌をとったり、おのれを三枚目にしてでも、ヴァレリウスに気にいられようとしているような気配を感じてならなかったのだ。

（これは——やはり、求婚かな……）

ヴァレリウスの頭では、それ以上のことが想像がつかなかった。イシュトヴァーンが万一、パロを腕づくで征服してやろう、というような下心をもって、このように突然やってきて、安心させてクリスタル・パレスに入り込み、そこでいきなり本性をあらわして襲いかかってくる——という陰謀をたくらんでいるのだったら、このように妙に愛想よく、愛嬌をふりまくように振る舞うこともありうるかもしれないが、それは、ヴァレリウスが思っているイシュトヴァーンという男の人格とは、なんだかずいぶんとかけはなれているように感じられてならなかったのだ。

「あの――私は……私の一存にては、そのご滞在費用のことですとか、陛下のおもてなしについてははかりかねますので、本日のわたくしのお役目は、とりあえず、陛下の突然のご来訪の趣旨をうけたまわって、それをリンダ陛下に持ち帰り、協議させていただいてお返事をする、という、それにつきているのでございますが……」

ようやく、多少気持をまとめて、ヴァレリウスは云った。イシュトヴァーンは眉をちょっとしかめたが、暗雲が漂うほどではなかった。

「まあ、あんたがそう云うのも――それほど警戒するのも無理はねえと思うんだけどさ」

イシュトヴァーンは、いかにも物わかりのよさそうなところを見せようとしているようすで云った。そして、金のぎっしり詰まった革袋の口ひもをぎゅっとひいてとじ、それを二人のあいだにどさりと置いたまま、また椅子に戻った。

「確かに俺も唐突だったし、それに、やっぱり一千人の軍勢を率いてるとなりゃ、あんただって警戒するわな。そりゃ、宰相としちゃあ当然だと思うんだ。だが、考えてもみてくれ。一応まがりなりにも――っていったら失礼だったかな、だが、いまは相当国力が落ちてるどん底の時期だったにせよ、天下のパロ、中原にその伝統を誇る三千年王国たるパロだぜ？　それを、たかだか――いかに武勇を誇るとはいえ、たった一千人の騎士たちで、落とせると思うか？　そこまで、パロが、というかクリスタル・パレスが弱いとは――そこまでボロボロになってるとは、誰だって、思わねえだろう。思わねえわなあ」

「……………」

またヴァレリウスはむっとしたが、宰相の面子にかけても、（いや、本当は一千人のゴーラの騎士団ならば、たやすくクリスタル・パレスを占領出来るのでは……）などとは返答するわけにはゆかなかった。また、そういう可能性がある、などということを、イシュトヴァーンに知られるわけにもゆかなかった。

「だから、でもさ、その兵隊どもは置いてゆくから、といってるんだ。――心配だったら、ユノ砦に入れちまったらいい。ユノ砦だって、それなりに国境警備隊は常駐してるだろう。その連中がいるんだったら、こいつらは――ってうちの連中だがな、ユノからおいそれとクリスタル・パレスに出てくるわけにゆかねえだろ。ちょっとでも動いたら、すぐにあんたの得意の魔道師の情報網ってやつで、ぱぱっと連絡がゆくんだろ。俺らの情報網、間諜や斥候よりずっと早くに、そういう情報は届くんだろ。クリスタル・パレスには――というか、あんたらには。そうなんだろ」

「それは……まあ、そうかもしれませんが……」

「だったら、ユノ砦にいた連中が変な動きをした、なんていったら、もう、ほとんど即刻その場であんたはそれを知ることが出来るわけだ。——だったら、何の心配もいらねえじゃねえか。それに第一、ユノ砦に入れておきゃ、どっちにせよ、変な動きをすることだって出来やしねえよ。だってこいつらは、すべて俺の命令で動いてるんだしさ。でもって、その俺は、クリスタル・パレスに入れてもらってるわけだ。ということは、俺がユノにいるうちの奴等に命令を下すにも、それなりに時間もかかりゃ、俺の小姓か伝令が出てったことくらい、あんたにゃたちまちわかるんじゃねえか」

「それはそのとおりですが……」

「だろ。だから、俺はべつだん、何の心配もねえし——何の危害も加えるおそれはねえよ。というか、これまでで一番、ネコ《ミャオ》のように安全な、ネズミ《トルク》のように無害な客人として、俺はクリスタル・パレスにやってきたんだ。そうして、望んでることは、ただ、一ヶ月ばかりクリスタル・パレスに滞在させていただきたい、そのかわり滞在費も払うし、何の歓迎の宴なんかもいらねえから、っていうことだけなんだからさ。——むしろ、歓迎の宴なんかされねえほうがいいんだ。もし、そんなのを盛大にされたりしたら、おそらくパロにだって、クムの密偵とか入ってきてるだろうからな、すぐに、クムにも連絡がゆくだろ」

「は?」

来たな——とひそかに思いながら、ヴァレリウスは鋭く問い返した。

「クム、でございますか？　失礼ながら、このお話のどこに――クムがかかわりがございますので……」

「俺は、ちゃんと聞いて知ってるんだぜ」

イシュトヴァーンは、さりげなく核心に入ってきた。

「クムのタリクのちび公が、なんでもリンダを嫁にくれ、といって申し込んできてるんだそうじゃねえか。それをきいたから、俺は、これはこうしちゃいられねえと思って、あわててこうして、とるものもとりあえずかけつけてきたんだぜ。カメロンのとめるのをふりきって、たった一千人の部下を連れただけでさ」

「……」

やはり、そうか――

ヴァレリウスは、胸のうちで深く納得しながらも、なおも、どう対処したものか、リンダにどう報告し、そしてパロ側としてはどのようにこの事態を解決したものか、というあらたな迷いにくちびるをかんでいた。

（やはり、求婚だったか。――となると、これは……いよいよ、面倒なことになりそうだ……）

ただの求婚であればいい。だったら、リンダがあくまで情ごわく突っぱねて振りとおせば、あきらめて立ち去ってしまう可能性もないわけではない。だが、相手はゴーラ王イシュトヴァーンだ。求婚のかげには、やはり「リンダの夫になることでパロを手中におさめてやる」というひそかな野望もあれば、また、あくまでリンダが突っぱねた場合には、突然豹変してパロそのものにつかみかかるような可能性もおおいに秘めているだろう。

（これは……やはり、ケイロニアに助けを求めて……場合によってはグイン陛下なり、ハゾス侯なりにこちらにきてもらって対処するしかないかな――なさけない話だが……）

自分たちだけの力で解決出来ないのは情けないが、正直のところ、いまのパロでは、とうてい、たった一千人であってもゴーラの精鋭――しかも勇猛なイシュトヴァーンが率いる――をかわす力はない、とヴァレリウスでさえ思う。うら若いアドリアンでは、たとえ倍の二千人のカラヴィア騎士団を率いてでも、イシュトヴァーンに対等に立ち向かうのは無理なのではないか、と思うしかないのだ。何よりもアドリアンには、実戦経験というものがほとんどない。そして、その実戦未経験のアドリアンが、いま現在のパロでは、武のかなめとなっているような、そういう状態なのである。

「ということは……」

ヴァレリウスは、きわめて慎重にことばを選びながら口を開いた。

「イシュトヴァーン陛下の、このたびの突然のお越しは、つまり――」

「俺は、リンダに、かつてのあやまちを悔いて詫び、そうして、そのあやまちを許してもらうために来たんだ」

イシュトヴァーンは昂然として云った。ヴァレリウスはいくぶん身をかたくした。

「その――あやまちとは……」

「そりゃ、ほかでもない。ナリスさまをああいうことにしちまったことさ。俺がマルガから、病気のあの人を連れ出さなけりゃあ、まだナリスさまはあんなことにはならず、お元気だったんだ。そうだろう」

「……」

それは、ヴァレリウスにとっては、あまりにも、触れられるといたむ心の傷そのものに直結していた。

それゆえ、ヴァレリウスは、ろくろく返事もせずに、うつむいてくちびるをかみしめていた。

そのヴァレリウスの様子を知ってか知らずか、イシュトヴァーンはなおも熱心にことばをついだ。

「だが、やっちまったことは後悔してもしかたがねえ――だからって、俺が後悔してねえってことじゃねえぜ。俺は、どれだけあのあと、うなされたり、苦しんだかわからねえんだ。俺は、ナリスさまを崇拝してたし、そのナリスさまを、そもそも、いまこんなことを云ったって、あんたらにとっちゃ受け入れ難いことかもしれないが、俺が連れ出したことからして、ナリスさまの力を借りたいとか——あの人と一緒にいたいとか、そういうことだったんだぜ。そのとき、俺もとても未熟で、おまけにとても焦ってたから、あの人がそんなに具合が悪いとも思わなかったし——それに、あんたは魔道師だから、わかってたんだろう。あのとき、俺は、悪い魔道師にあやつられて、自分が半分以上、自分じゃなくなってたんだ」

「……………」

それへは、ヴァレリウスは返答をしなかった。

イシュトヴァーンはだが、めげるようすもなく熱心にまた話し続けた。

「だからさ——あのかたがああなったとき、俺はほんとに仰天した。というより魂が抜けちまったような恐しい気持にとらわれたよ。そうしてしばらく、どうしていいかわからず、ただひたすら茫然としてたんだ。ああ——その前に、グインとの一騎打ちとか、いろいろあっただろう。それもあったし、なんだかあのころのことって、俺には本当に、めちゃめちゃに混乱していて、何がなんだかよくわからねえままに、てめえがなにものかに操られて自分でなくなってるみたいに動きまわってた時期だったんだ。なんか本当に——とても変な時期だったよ」

「……………」

ヴァレリウスは、ひそかに拳を握り締めた。

「だけど、いまは——いまとなっちゃ、俺は本当にそのときのことは後悔してる。そのことをリンダに懺悔してあやまりたいし、いまさら遅いと云われるだろうけど、ぜひとも、ナリスさまのお墓にも参ってお詫びしたい。俺のせいでこんなことになってしまったんだったら、どうか許して下さい、と心からあやまりたいんだ。ナリスさまにも、リンダにも」

「申し訳ございませんが」

ヴァレリウスは鋭く口をはさんだ。

「かつてどのような間柄におありであったかは存じませんが、いま現在はリンダ陛下はわがパロの聖なる女王陛下でおられます。恐れ入りますが、部下たちの手前も、リンダ陛下を呼び捨てにされることだけは、どうか」

「あ。それは、気が付かなくて、すまなかったよ」

イシュトヴァーンはびっくりするほど低姿勢に云った。怒ったようすも見せなかった。

「じゃあ、リンダ陛下——っていうのもなんだかすごく変な感じだけどな。とにかく、リンダさまに会わせてくれるだろう。会って、話をしなくっちゃあ、どうにもなるもんじゃねえ。俺は、とにかくリンダに——リンダ《様》に会いたいんだ。会って、サシで話をすりゃあ、きっとわかってくれる——俺は、ひたすら、そう思ってここまで夢中でやってきちまったんだ！」

第二話　蜃気楼の再会

1

「結論から申し上げますと、私の考えでは、イシュトヴァーン王をクリスタル・パレスに迎えざるを得ないように思われます」

難しい顔をしたヴァレリウスの言上したことばを聞くなり、リンダのおもてがさっとこわばった。

「それが、あなたの結論なの、ヴァレリウス。あなたは、イシュトヴァーンを国境地帯にとどめておく、といったじゃないの」

「それは、そうなのでございますが……」

「イシュトヴァーンに云いくるめられてしまったのではないでしょうね？」

いくぶんけわしく、リンダは云った。ヴァレリウスはあわてて首を振った。

「決してそのようなことはありません。ただ、あれこれ考えあわせた結果、どうしても、いまイシュトヴァーン王の、クリスタル・パレスに滞在したい、という意志がこれだけ強いとなりますと……それをはねつけるだけの力を、現在のパロ宮廷が持っていない、ということは明らかではないかと思われますので……」

「イシュトヴァーンは、クリスタル・パレスに滞在したい、とはっきり云ったのね。いったい、何をしにきたというの」

「やはり、我々が恐れておりましたとおり――」

ヴァレリウスは苦い顔になった。

「クムのタリク大公が陛下に求婚する意向である、ということを聞きつけて、そうなる前におのれのほうから、と考えたようで……」

「ま……」

リンダはちょっと途方にくれた顔になった。

そもそもは、そうであるかもしれない、いや、たぶんそうだろう、ということは充分に考えてあったはずである。だが、いざ、その事実に直面すると、リンダは、我知らず強い混乱がわきおこってくるのをこらえることが出来なかった。

「あなたは、それは困る、だから、国境近くにイシュトヴァーンを滞在させておいて、こちらから出向いていって折衝したほうがいいだろうと云ったじゃないの、ヴァレリウス。そのように運ぶことは、出来なかったの？」

「なんとか、そのように話を進めようとしたんですけれどもね……」

ヴァレリウスは顔をしかめた。

「敵のほうがうわて、というよりも、はなからあちらが、もうまっこうから『リンダさまに会いたいから、クリスタル・パレスに一ヶ月ほど滞在させてくれ』と切り込まれてしまったもので。——それも、もしも一千の兵士を連れているのが心配だったら、兵士たちはユノ砦なり、その周辺なりに滞在させる、場合によってはいま駐屯している国境外の野原でもいい、滞在費はまとめて支払う、というようなことを……そこまで云われてしまいますと、こちらも、あらかじめ、まったくあなたの求婚には見込みがないのだから、クリスタル・パレスに来てもムダだ、とまで言い切るほかには、滞在を断る理由がなくなってしまいますし、といって、そう云ってしまえばその場で険悪になってしまうでしょうし——申し訳ありませんが、私は結局外交官には向かないんです。地道に忍耐強く折衝する、というようなことには向いてないんです。なにせ、ただの魔道師なんですから」

「そんなことを云って自暴自棄にならないでちょうだい、ヴァレリウス」

リンダはあわてて云った。

「でも、それなら、あなたは、イシュトヴァーンをクリスタル・パレスに受け入れるほかはない、と考えるのね？　あなたがそう考えるのだったら——もちろん、それは仕方ないことだと私だって思うわ。あなたはパロの宰相なのだし、いろいろなことを決めているのは、私ではなくて、実際にはあなたのほうなんだから」

「実際問題として、あのような態度に出ているイシュトヴァーン王を受け入れない、となると、正面から喧嘩を売っているようなもので、怒りっぽいことで知られている相手を、本気に怒らせてしまったら、こうしてパレスに戻ってくることも出来なくなってしまうのではないかと思いましたので……言い訳になってしまいますが」

「そんなことを云わなくてもいいわ。あなたがイシュトヴァーンの陣内にとらえられるようなことがあったら、それこそ、人質をとられて私はもう動きがとれなくなって、イシュトヴァーンの云うなりになるしかなくなってしまうもの。——ああ、でも」

リンダは思わず両手を激しく握りあわせた。

アル・ディーンは同席していなかった。ヴァレリウスのほうで、報告するさいに、「リンダ陛下おひとりに」と注釈をつけたのである。ヴァレリウスには、アル・ディーンのいないところで、リンダにしたい話があったのだ。

「どうしたらいいのかしら。——そうなると、そのあとイシュトヴァーンがパレスにきて、それをどうあしらうかは私ひとりの手腕にかかってしまうのね、最初の話のように。でも私、そんな、男性を手玉にとった経験などないし、うまく求婚をお断りするなんていうことも経験したことがないのですもの、とても自信がないわ。——たとえ軍勢を外においておいたにしても、イシュトヴァーンだったら、本気になれば一人だけでさえ、パレスのなかで大暴れが出来そうじゃない？　それを防げるものはいまのパロにはいないかもしれないし——アドリアンを呼んでおいたら、なおのこと、もめごとの種をまくようなものでしょうし」

「それは私も考えました。——帰路に一生懸命、ない知恵を絞ってあれやこれやと考えたのでございますが」

ヴァレリウスは苦笑いした。

「思いついたのは結局、ここはどうあっても、あとのことはともかくとして、アル・ディーンさまにひと役かっていただく以外ないだろうなあ、ということでございましたよ。まったく、われながら知恵のないことで」

「私に、アル・ディーンと婚約していることにしろ、というの？」

いくぶんいやな顔をして、リンダは云った。

「それは、まあ、すでに決まってしまった人がいるから、といえば、タリク大公もイシュトヴァーンも、穏当に求婚を引っ込ませるには一番いいのかもしれないけれども、でも、この前にもいったとおり、だとすると、そのあとで、結婚しなかったときにまたその話は蒸し返されてしまうわよ？　そうなったときには、もっと強い抗議が来たりするかもしれない。それに——もしかして、あなた」

「は？」

「これをきっかけにして、本当はそうなってしまったほうがいい、と考えているわけじゃあないんでしょうね、ヴァレリウス。――とにかく、あなたが、いつもパロ聖王家の存続について心配していてくれることは知っているけれども、でも、私だって――聖王家の一員、というよりもほとんどさいごの一員として、そのおのれの重大な任務について考えないわけではないけれど、でも――やっぱり、アル・ディーンはどうしても私、結婚の対象、なんて考えられないわ。第一あの人だって、ケイロニアにまだ、完全に縁を切ったわけではない妻子がいるんだし。このままいって、もし無理矢理結婚してしまったら、下手をしたら重婚ということになってしまうかもしれないわ。それに私、まだ全然会ったこともないけれど、アル・ディーンのケイロニアの奥様というかたにとても興味があるの。とても美人で、剣が強くて、大柄で、頼もしくて、ケイロニア皇帝からも非常な信頼を受けている、とても貴族的な女性だと聞いているわ。どれをとっても、私と正反対じゃない？　私がどうこうという以前に、アル・ディーン自身が、私と結婚するなんて、冗談じゃない、というでしょうよ。私はきっとその、オクタヴィア姫とはまるきり似ても似つかないでしょうから」

「いや、ですから、本当に、アル・ディーンさまと結婚していただこう、ということではないんです」

ヴァレリウスは汗をかきながらさえぎった。

「それに、私も——私自身もそれはあまり気が進みません。確かにこのさいは、アル・ディーンさまが聖王家の直系の血の濃い男児としてはさいごのおひとりではありますが、だからといって——やはりアル・ディーンさまのお母上はしもじもの出であられたことも確かですし、アル・ディーンさま御自身が、だいぶ考えが変わってこられたとはいえ、やはりまだ、聖王家の一員としての責任を十二分に自覚しておられる、というわけでもない。——お子さえ得られればよいというものではない。やはり、パロの幸福も繁栄も、聖王家の幸福と繁栄抜きにしては考えられないでしょうから」

「本当は、ともかく、聖王家の存続を第一に考えるのだったら、たとえアドリアンとであろうとアル・ディーンとであろうと、私が元気で若いうちに結婚して、とにかく何人でもいいから子供をなるべく沢山生んで——そうしておのれの聖なるつとめを果たしてから、失礼しておいとまをいただいて自分の自由にさいごの人生を過ごしてゆくのが正しいのかもしれない、と考えることはあるの」

悲しげにリンダは云った。

「私はごく小さいころからずっと、聖王家のつとめ、聖王家の血をひくもののつとめ、そして聖王家の女性のつとめを叩きこまれて育ってきたわ。それに疑いを持ったこともなかった。——自分がナリスと結婚するだろう、ということもまったく疑ったこともなかったし……それにナリスのことは最初からとても好きだったから、何もそこに疑いの入り込む余地もなかったの。何の疑問もなく、ごくごく小さいころから、私はナリス兄さまのお嫁さんになって、ナリス兄さまの子供を生むのだ、って信じ込んでいたわ。——ナリスさえ生きていてくれたら……でもこんなことをいっていたところで、何の解決にもなりはしないわね」

リンダはちいさな溜息をもらした。

「実際的にならなくてはいけないわ。——じゃあヴァレリウス、あなたは、イシュトヴァーンをクリスタル・パレスに迎え入れ、その上で、私に、私はアル・ディーンと婚約していて、まもなく結婚するので、タリク大公ともイシュトヴァーンとも結婚は出来ません、と断れ、というのね？ それが一番穏当にイシュトヴァーンをしりぞける方法だ、と考えるわけね？」

「というより——ほかにどうしようもない、という……選択肢がない、ということでございまして……」

ヴァレリウスも雄弁な溜息をついた。

「タリク大公が押し掛けてきたのであればまだしも、イシュトヴァーン王とあるからは——ある程度、当人が納得しても、それでおとなしく国もとへ帰ってくれるかどうかは、大変な難問であると思いますし。といって、とにかくまずはいまの状態を平和裡に乗り切ることが出来ないと困りますし……」

「いいわ」

リンダはあっさりと云った。

「いまのパロ宮廷の状況については私だってよくよくわかっているんだから。それを、無理やりに、あなたにどうにかしろといったところで仕方はないわ。いまのパロには、イシュトヴァーンのごり押しを力で引っ込めさせることは不可能なのね。よくわかっているわ。——じゃあ、せいぜい、私は黒いドレスを着て、そうしてアル・ディーンと婚約していてまもなく結婚するのだから、イシュトヴァーンと結婚することは出来ない、と彼に告げることにするわ。せいぜい愛想よく、でも冷たく。——ああ、でも、アル・ディーンを説得してその役目を果たさせるのは、あなたにお任せするわよ。私から彼に云うことは出来ないし、私が云ったら勘違いされてしまいそうだわ。ディーンがちっとも私と結婚したいなどと思っていないことは、私が一番よく知っているのだから。それに、イシュトヴァーンの前で恋人どうしを演じろということも無理よ。それに——ああそうだわ。ディーンは、イシュトヴァーンとは、古い知り合いだったのではなくて？」

「はい、確か、グイン陛下と三人でしばらく旅をしていたことがある、と云っておられたように記憶しております」

「確か、私の記憶によれば、そのとき、イシュトヴァーンとディーン——そのときにはマリウスと名乗っていたわけだけれど、その二人はたいそう仲が悪かった、と聞いたはずだわ。ディーンはどちらにせよ、イシュトヴァーンを毛嫌いしているし、イシュトヴァーンもディーンのことを、いろいろといじめたりした、という話を、ディーンからついこのあいだも、夕食のときに聞いたことがある。そのくらいの間柄ですもの、もしも私がディーンと結婚することに決めたのだ、といったら、イシュトヴァーンはかなり激昂したり、ディーンに怒ったりするかもしれないわ。それで万一にも、ではディーンさえいなければいいんだろうなんて思われて、ディーンの身に危険が及ぶようなことがあったら、それこそ、聖王家の唯一の最後の男子に重大な危機ということになるし——もう、ディーンが万一いなくなってしまえば、あとはかなり間柄の遠い親族か……あとはいまだに正気に戻れないファーンと、弟だからどうにもならないレムスと……あとはもうマール公一族まで遠くなってしまう。考えてみると、パロ聖王家の一族というのは、ずいぶんと、肉親の縁が薄いものなのね」

「さようでございますね……」

ヴァレリウスはうなづいたが、しかし、一方では、もはや頭を狂気のように働かせて、今後の段取りについて考えていた。

（ともかく、まずは——イシュトヴァーン王とごく少数の身の回りの面倒をみる人数だけを受け入れられるよう……場所はどこがいいのかな。やはり、クリスタル・パレスのなかといっても、ある程度中央からは遠いところに客殿をしつらえるとなると……ウーム、白亜の塔やクリスタルの塔に入ってもらうというわけにもゆかぬだろうから、やや近くはなるが、やはり紅晶殿か、緑晶殿をあけて——それにあの二つは戦争でそれほどひどい被害を受けていないし——)

(それに、まずアル・ディーン殿下を説得して、リンダ陛下の婚約者の役割をとにかくイシュトヴァーンの滞在中だけ引き受けてくれるようお願いして……これが難題だな。またなんだかんだ、さんざん云われそうだし、それに確かにリンダ陛下のおっしゃるとおり、もし万一、その話をきいて、では邪魔者はディーン殿下なのかと考えたイシュトヴァーンが、ディーン殿下に危害を加えようなどということを考えたりしたら、聖王家は本当に致命的な事態になってしまう……)

(だがそれはとにかく俺も気を付けているほかはない。——それに、とにかく、ケイロニアの助けを借りるしかない。まずは、メルキウス准将にも話をして、イシュトヴァーンの滞在中にはイシュトヴァーンの周辺を護衛と称して見張っていてもらうように——それに、とにかくハゾス侯に相談して……)

「ともかく、何も最終的には御心配のなくなるようにいたしますから——決して、アル・ディーン殿下とリンダ陛下、おふたりの御意向を無視してことを運ぶようなことはいたしませんし」

何回も繰り返してそれを約束して、ヴァレリウスはともかくもリンダの前を辞した。だが、この日は、ヴァレリウスにとって——というか、パロにとっては、まさしく厄日であった。

「緊急の御報告を申し上げます」

ただちにもろもろの準備とその手配にかかろうと、急ぎ足でおのれの執務室に戻ったとたんに、その帰りを待っていた魔道師の伝令が、あわただしく面会を乞うたのだ。それは、ハゾスにこの事態を報告し、相談させてほしいと申し入れる親書を持っていったはずの魔道師であった。

「どうした」

「は、御命令に従い、サイロン目指して出発しようとしたところへ、サイロン在駐の魔道師たちより暗号と心話による報告が届きました。それによると、サイロンは現在、非常事態となっているそうでございます」

「サイロンが非常事態？」

思わず、ヴァレリウスは大声になりかけるのをあわてておさえた。

「いったい、何が起こったのだ？」

「報告によれば、少し前から流行のきざしを見せはじめていた、恐しい流行病、黒死の病が、この赤の月に入りましてから、いっせいに激発をはじめ、ついにそれが非常事態となるに到った、ということであります。黒死病が流行しているのは現在、サイロン市中だけに限られているそうでありますが、その被害はたいそう大きく、黒曜宮はその手当と対策におわれております。そして、ついに黒曜宮の高位高官たちが、身の危険を感じて次々に領土に戻ったり、あるいは疫病の難をのがれてサイロンを引き払い、遠い場所へ避難しはじめている、ということでございます——黒曜宮は、老齢のアキレウス大帝と、病弱なシルヴィア王妃をも、すみやかにサイロン周辺から避難させる準備をととのえているということで——グイン王と宰相ハゾス侯はつききりでこの巨大な災厄に対処すべく、日夜悪戦苦闘しておられるということでございますが、老人、病者、子供などからだの弱いものからどんどん病に倒れて死者の数は数えきれぬほど、その葬いをおこなうさえ間に合わぬような状態になりつつある、ということで、黒曜宮は安全のため、サイロンへの外国の諸使者、伝令、使節の出入りを一切さしとめる意向のようであります」

「何だと……」

ヴァレリウスは唸った。

(よりによって——こんな時期に。というより……こんな事態が起きている最中に——)

いや、サイロンにしてみれば、それどころではないだろう。

まさしくそれは、聞くだに、おのれの国に起こってしまったらと身の毛のよだつようなおそるべき災厄であり、そのような事態に見舞われた施政者たちが、不眠不休でその対処にあたるのも当然だとしか云いようがない。

だが、なお――

(あまりに、時期が……よすぎる。よくもまあ、こんなに平仄《ひょうそく》をあわせて、そんな事態が起きてくるものだ……)

「サイロン在駐の魔道師たちには、かなり異常と思われるこの事態をさらに詳しく追及し、その実態について、ヴァレリウスさまに御報告出来るように調査せよと申してあります。しかしながら、このような事態でありますので、ハゾス侯へのご親書を持ち込みましても、正式のルートでは、外国の使者は通行差し止め、ということで黒曜宮には入れぬかと存じますし……もし、正規のルートでなくてよろしければ、ただちにサイロンに飛び、なんらかの魔道を用いて黒曜宮に入り込んで、ハゾス侯に直接ヴァレリウスさまからのお手紙を差し出そうと存じますが、どのようにしたらよろしいか、あらためてご指示を受けてからと思い、いったんクリスタル・パレスに戻って参りました」

「その判断は、正しかったと思うぞ、ドルニウス」

ヴァレリウスは褒めた。

「だが、このまま放置しておくわけにゆかぬのは、サイロンもだがこちらもそうだ。まずは、もうちょっとサイロンの様子が知りたい。お前は部下数名を連れて、出来る限りサイロンの近くへまでおもむき、実際にサイロンがどうなっているのか、確かめてくることをまず第一の任務とせよ。――それに加えて、あちら在駐の魔道師からハゾス侯へ、いま作る別の手紙を差し上げて、様子を見て――それでハゾス侯が多少なりともこちらの事情に耳を傾けてくださるゆとりがあるようならば、くだんの親書を差し上げるがいい。だがその前に、黒曜宮の様子をよく見ることだ。――そのようなはやり病いともなると、たとえどれだけいまは壮健であられても、グイン王やハゾス侯その人にも感染しないものでもないからな。――それに、われわれには魔道のさまざまな薬や手だてがあるとはいえ、激烈な流行病の場合には、万一ということもある。――魔道師たちから、はやり病いをパロに持ち込んでしまったりしたら、いま現在の弱りきっているパロではそれこそ大変なことになろう。それもよく考えて、極力、流行病の現場には近づかぬようにせよと、あちらにいるものたちにも伝えよ」

「かしこまりました。――しかし、不思議なのは」

ドルニウス魔道師はけげんそうにかぶりを振った。

「黒死の病と申しますのは、いったん流行がはじまりますと、全国規模にわたって、いっせいに風にのって菌がまきちらされ、かなり広範囲にわたって死者が出るような、そういう病であったと記憶しております。しかしながら、不思議なことに、今回の流行は、まったくサイロン市内に限られている、ということで――実際には黒曜宮やほかの七つの丘までもいっておらず、ひたすらサイロン市内、サイロン市民が被害にあっている、というのが、少々、気になっております。――なんとなく、そのはやりかたに、魔道で封じられているかのような、作為的なものを感じないでもございません。また、それまでも、サイロン市中では、実にさまざまな風聞やうわさ、よくない予言などが乱れ飛んでいて、せっかくグイン陛下が御帰還になったにもかかわらず、けっこうサイロン市民の心理は動揺していたようでございますが、それをまるで狙いうつかのようにこのたびの疫病が蔓延いたしました。それにも、やや不自然なものを感じます。――それゆえ、あちらにいるものたちにも、そのあたりも含めて、よく調べてみるようにと命じたいと思っているのでございますが、よろしゅうございましょうか」

「ああ、そうしてくれ」

ヴァレリウスはうなづいて、ドルニウス魔道師を下がらせた。

だが、心のなかは、かなり千々に乱れてしまっていた。

（なんだと……）

（サイロンが、黒死の病の大流行で……）

（それはおかしい。そんな話は――このあいだ、ハゾス侯がこちらに滞在していたときには、そんなきざしがあるなど、まったく聞いたこともなかったのだが）

（むろん、潜伏期間だった、ということもあろうし――ハゾス侯のほうで、よしんば何人か感染者が出ていたとしても、ささいな出来事としてあまり気に留めていなかった、ということもあるかもしれぬ。――だが、よりによって、こちらがこんな窮地に見舞われているいまになって――）

（すべての奥に、何かそれを、タイミングをみて仕掛けている黒幕がいる、などと考えるのは、あまりにもうがちすぎているかもしれないが――しかし、イシュトヴァーンのこの行動もいかにも、あまりにも突発的だ。――誰かにけしかけられた、誰かが、タリクのことだの、あることないこと吹き込んで、短絡的なイシュトヴァーンをそそのかして、一刻も早くリンダをわがものにしてしまわないと、パロを平和裡におのれのものには出来ないぞと――また逆に、ちょうどケイロニアが、まもなく災厄によって動きがとれなくなるゆえ、それが最大の好機だぞと……けしかけたのではないか、という気が――しないでもない）

（となると――どうあってもこれは……あるひとつの顔が浮かんでしまうのだが……）

ヴァレリウスは、想像のなかに浮かんできた、限りなく年経た、どこか剽軽でもある顔に向かって、思いきり顔をしかめてみせた。

（このところ、妙に大人しくしていると思ったが――きゃつのことだ。そうそういつまでも大人しく潜伏ばかりしているわけはないと思うが――もし、やつが背後にいて、イシュトヴァーンをそそのかしているのだったら、これは相当に厄介だな……それこそ、イェライシャ導師にでも、力を借りぬことには、俺ではどうにもならぬかもしれぬ。くそ……)

ヴァレリウスはにがいものを吐き捨てるように身を起こした。やらなくてはならぬことは、いくらでもありすぎるほどあった。

2

イシュトヴァーンをクリスタル・パレスに迎え入れる用意がようやくととのったのは、それからさらに三日ののちだった。その間に、ヴァレリウスはさらに何回かイシュトヴァーンの陣屋に飛んで、せっつくイシュトヴァーンをなだめ、クリスタル・パレスにも用意がいる、ということを強調して、なんとかその地にずっと待たせておいたが、じっさい、それは口実でもなんでもなく、いまのクリスタル・パレスにとっては、他国の王を賓客として迎え入れる用意などというものは、そうそうたやすく出来るものでもなかったのだ。

「お約束のとおり——率いてこられた兵士の大半は、ユノの町に滞在されるということで……」

内心ひそかに、こんなときこそヨナがいて、相談にのってくれたらいいのに、と思いながらヴァレリウスは、おのれの決定したとおりにものごとをすすめるよう、イシュトヴァーンと談判を重ねていった。最初はユノ砦に入れようかと考えたのだが、そのあとで考え直したのだ。ユノ砦にイシュトヴァーンの精鋭たち、八百人ばかりを滞在させる、というのは、砦のなかにいるのだから、いざというときに動きがとりにくく、その意味では安全のように思われるが、しかし、勇猛を誇るゴーラの騎士が八百人も揃っていれば、おそらくはユノ砦に現在駐在している六百人あまりのパロ兵などは、あっという間に降参させられてしまうだろう。全滅させることもまったく苦でもないだろう。そして、いざとなったら、ユノ砦をそのようにしてゴーラに占拠されてしまえば、国境の町ユノがゴーラの足がかりの拠点になってしまい、ゴーラからこちらにむかって進軍してくる援軍をたやすく受け入れてパロ国内に入れてしまうだろう、と思われたのだ。

（だったら、まだしも——ユノの町なかにそれぞれに分宿させておいたほうが無難だろう……さいわい、ユノは宿場町だから、いちどきに八百人を泊める大きな宿はないが、一番大きな本陣に三百人はいけるだろうし、あとはこまごまと分けて分宿させてしまったほど、勢力が分散して、集まるにも時間がかかるだろうし……そのほうがパロのためには安全だろう）

イシュトヴァーンが、クリスタル・パレスに率いて入りたい、といったのは、最初は三百人だった。

それを、「最初におっしゃっていたのはもっとずっと少ない人数だと思いましたし、いま現在、クリスタル・パレスではそのような大人数を受け入れるのが大変困難ですから」と言い張って、ヴァレリウスがなんとか二百人に減らさせたのだ。本当をいえば、百人、いや、実際には二十人ばかりにでも絞り込みたいところだったが、最初は「兵は全部おいて、俺一人でも」というようなことをいっていたイシュトヴァーンだったが、いざとなると「親衛隊だけは身辺からはなしたことがないから、その連中だけは一緒にしてもらいたいし、それに俺にも小姓だの近習だのがいないと不便だからな」と言い立てて、結局かなりの人数がクリスタル・パレスに入ることになった。そのかわり、親衛隊の騎士たちのほうは、「騎士宮に場所をおあけしますので、少しばかり、パレスの中心部とは遠うございますが、そちらに滞在していただくということで……」ということで、ヴァレリウスはなんとかイシュトヴァーンを納得させた。騎士宮はパレスのもっとも外側にある。イシュトヴァーンが滞在する場所は、さんざん考えたすえ、かなり南側の緑晶殿にすることに、ヴァレリウスは決めていた。そこならば、もっともかんじんかなめの聖王宮水晶殿からはかなり近いが、そのあいだに水晶の塔が屹立していて、そこを抜けてゆかなくては聖王宮には来られない。それでいて、近いからヴァレリウスが配下のものに目を光らせておかせるにも便利であるはずだ。

「ただいま、このクリスタルには、先日ケイロニア宰相ランゴバルド侯ハゾスどのがお越しになりましたときに締結した条約により、ケイロニアの二個大隊が、現在かなり軍事力の低下しているパロを護衛して下さるために、常時駐留しております。その騎士たちはみな、西の騎士宮を使っておられますので、ゴーラの皆様には東の騎士宮を使っていただき――なるべく御不自由のないようにしたいと思いますが……」

ヴァレリウスは、（パロがあまりに弱体だと思うなよ。ちゃんと、ケイロニアの勇猛な騎士たちが、クリスタル・パレスを守っていてくれるのだぞ）という含みを充分にきかせて、イシュトヴァーンにいささかの脅しをかけた。イシュトヴァーンは素知らぬ顔で聞いているだけであったが。

「ともあれ、何度も申しますとおり現在のパロはかなり全体に疲弊しておりますので、陛下をあらためてクリスタル・パレスにお迎えするようになるまでに、最低一両日は頂戴いたしたく……それまでは、こちらの陣営で御不自由なようでしたら、ユノの本陣にお入りいただきたいと存じますが」

「そんな心配はいらねえよ。俺はここがいい」

イシュトヴァーンは無造作であった。その点だけは、かえってヴァレリウスにとっては楽なことは確かだった。もっと格式張った賓客であったら、ユノの本陣からすでにさまざまな歓迎の宴や、こちらからも特別な接待役を出すことが必要になったに違いない。

（だが、どちらにせよ接待役は必要なんだが……困ったな。いろいろな連中が、みんな内乱で死んだり、隠退したり、領地に引っ込んだりしてしまっているからな……聖騎士侯たちも若いものしかほとんどいないし、といってまさか用が用だけに、アドリアン侯を出すわけには絶対ゆかないし、といってアル・ディーン殿下はイシュトヴァーン王とは仲が悪いんだから、これまた出すわけにはゆかないし……）

（くそ、だから、こういうときにヨナがいてくれたらよかったのにな……ヨナは、そもそもがヴァラキア以来からの旧友なんだから、ぴたりとはまっただろうし、その上に、いろいろとイシュトヴァーンのわがままをも押さえてくれられただろうに……）

こうなると、急いで使者を出して、ヨナをヤガへの旅路から呼び戻したいくらいだ。だが、もう、ヨナが出発してからかなりの日々が流れていた。草原地帯に入ってしまえば、ヨナももっと専門的な魔道師であったならばともかく、ヨナと連絡をとるのは、ほとんど不可能になってしまっているだろう。ヨナも多少の魔道は使うことは使うから、心話を受けることは出来るが、もともとが魔道師ではなく、ただ魔道学を学んだ学者、というのにすぎないから、積極的にそちらから心話を送ってくることは出来ないし、また、かなり強いはっきりした心話でないと受けることも出来ないだろう。草原地帯はきわめて広い。そこにまぎれこんでしまったら、ヨナを探し当てることは、相当に強力な魔道師にとっても、それこそ大海に放った一匹の小魚を探しあてるようなものだ。

（といって、当分——少なくともあと数ヵ月、下手をしたら何年も、戻ってくる見込みはないかもしれないしな……）

こうと知っていれば、ヨナに、ヤガのようすを探りにゆきたい、という望みに許可など出さなかったのに、とひそかにヴァレリウスは悔いた。

そうでなくとも、ヨナの出発によって、ただでさえ人材のあまりに手薄なパロ宮廷は、ほとんどヴァレリウス以外には実務を担当する司政官がいないようなありさまになってしまっている。実際には、むろん、下っ端の役人だの、受付の平役人だのがいないわけではないが、何がおらぬといって、上のほうになればなるほど手薄になる。外国の賓客を接待するにも、そのための経済的なやりくりをつけるにも、実際の接待の手続きをとり、宮廷の下っ端たちを配置する配置図を作ることさえ、ヴァレリウスが自分でやらなくてはならぬようなありさまだ。それもこれも、レムス－ナリス内乱で、ほとんどの聖騎士侯や貴族の高官たちがなんらかのダメージを受け、領地に引っ込んだり、あるいは死んだり、狂ったりしてしまったからであった。

（憎いのは、ひたすらアモン――ということかな……）

レムス王――いや、もと王は、ひっそりと相変わらず押し込められたまま、少しずつ心身の健康は取り戻しつつあるようだが、むろんまだ何年も幽閉状態のままでいてもらうほかはない。すべてこのパロの災厄はレムス王がもたらしたものだ、と考える、クリスタル・パレスの住人はまだかなり多く、そのものたちはひたすらレムスに敵意を持っている。本当をいえばレムスを処刑すべきだ、という意見もときたまヴァレリウスの耳に入るのだ。だが、ヴァレリウスにはヴァレリウスの考えがあって、レムスをそのような決定的な処断にかける気はかいもくなかった。妻のアルミナ王妃のほうは、いま現在、故郷のアグラーヤに、母のアグラーヤ王妃にともなわれて戻り、そこで静養しているが、だんだん正気に戻る瞬間もあるようになってきた、ともきく。だが、これは、戻ってきたところで若いし、アグラーヤの出だし、パロ宮廷にそれほど馴染みのない段階であのような内戦になってしまったから、あまり用もない。

（ファーンさまが、元気になって下さったら、ずいぶん……あのかたは武人だから、とても助かるんだがなあ……経験も豊かでおられるし……）

そのようなことをいま考えたところで仕方ないにもかかわらず、連日の激務と過労に疲れはてているヴァレリウスは、ときたま、ぼうっとしてそのようなやくたいもないことを考えてしまっている瞬間があった。

ベック公ファーンのほうは、やはり内戦のさいにほぼ正気を失った状態となって、カリナエの隣にあたるベック公の公邸のなかで、愛妻がつききりで看病しているが、こちらは頭のなかだけではなく、からだもかなり魔力の影響を受けて弱っているということで、ほとんど寝たきりの状態がまだ続いている。それについても、いずれはイェライシャ導師の力を借りてでも、なんとかして復帰してほしい、とヴァレリウスは考えていたが、そうするいとまもなく今度のイシュトヴァーンの来襲、というか来訪に出くわしてしまった。しかもこんなとき、一番力になるはずのヴァラキア出身、イシュトヴァーンの旧友たるヨナがヤガへ出発してしまったあとのことだ。

(どうせ、いつだって、俺だけがものごとのしりぬぐい、敗戦処理、貧乏くじをひくんだ……)

ヴァレリウスはひそかにおのれの運のなさを罵ったが、だからどうなるというものでもなかった。

それに、いまのところはイシュトヴァーンはいたって恭順に、礼儀正しく、彼としてはずいぶんとした手に出ており、まったくそんな戦闘的な、あるいは野心的な意図がひそんでいる、というようすは見せないままでいる。ヴァレリウスに対しても、以前はもうちょっと倨傲《きょごう》な態度をとったはずだが、今回はずいぶんと、相変わらずの不作法な口のききようはともかくとして、親しみを見せようとしているようだ。やはり、クリスタル・パレスに無事に入って、リンダと面会出来るまでは、ということで、猫をかぶっているのだろう、とはヴァレリウスは思うが、そうしていてくれたほうが楽なのも確かだった。

(もう、本当に……もし万一にもクリスタル・パレスに入り込まれてそこでイシュトヴァーンがキバをむき、パロがまたしてもゴーラの占領下に入るようなことがあるにしても……もう、そこまでは俺の責任じゃないぞ……)

ヴァレリウスは、あまりにもおのれ一人に集中している仕事の多さにげんなりしながら、そのようなことを考えていた。一方では、もし本当にイシュトヴァーンが、クリスタル・パレスに入り込んだあとで二百の精鋭でクリスタル・パレスを占拠しようとしはじめたら、どのようにしてリンダを逃がし、アル・ディーンを保護し、いったんクリスタル・パレスを明け渡してでも、とにかく聖王家のメンバーを守ってパロの存続のために逃げ延びるか、というようなことも、すでにひそかにヴァレリウスは考えている。

だが、とはいうものの、あくまでも平和裡に、礼儀正しく、友好的に出ようとしている相手に対して、「本当は求婚にことよせてパロを征服しようとしているだろう」と云うことは、出来なかった。もちろん、内心ではヴァレリウスたち、パロ側のものがそのように疑っているだろう、ということは、当然イシュトヴァーンのほうでも予測してはいるはずである。だからこそ、かつてないくらいに丁重に、した手に出て友好的な態度を保ち続けようとしているのだろう。

ヴァレリウスは魔道師の特効薬の丸薬をやみくもに使って、三日間まったく不眠不休で人物の配置や飲み物、食べ物、それに賓客に提供するための新しい布団やリネン類、花々などの手配を終え、小姓や侍女や近習、さらに騎士宮に泊まらせるイシュトヴァーンの親衛隊の面倒を見るパロの身分の低い見習い騎士たちの手配などもみなとどこおりなくすませたので、相当ぐったりしながらも、またしても《閉じた空間》を使って国境へ飛び、イシュトヴァーンに「すべてご用意が整いましたので、どうぞクリスタル・パレスにお越し下さいますよう」と告げたのだった。もとよりリンダもそのヴァレリウスの悪戦苦闘については知っている。まだいろいろと考えてしまってはいたが、ともかくもイシュトヴァーンと会見し、何回かの宴をともにして、求婚についてはきっぱりと断る、という件については納得していた。もっとも、アル・ディーンことマリウスに、その偽装の片棒を積極的に担がせることは、いかなヴァレリウスとリンダといえども出来なかった。

「僕は、お芝居なんか出来やしないよ。いや、それは吟遊詩人だから、芝居をしろといわれれば、しなくもないけど」

マリウスは、ヴァレリウスの苦心の末の策略を嫌な顔をして聞いていたが、きっぱりと、にべもなくそう云ったのだった。

「というより、僕がそんなことを偽装してみせたところで、イシュトヴァーンのやつのほうが、僕よりもずっと、そういう意味ではうわてだと思うしね。だから、僕とリンダが本当に愛し合って結婚を決めた婚約者どうしなのか、それともイシュトヴァーンの求婚を退けるために、とりあえずそう偽装しろといわれてそうしているのかなんて、やつのほうがすぐに見破ってしまうと思うよ」

「それは、まさにおおせのとおりだとは思いますが、しかし……」

「でももちろん、あなたが、とても苦心惨憺してその計略を考えたんだろうし、それを知っていて、僕と同じくらいにも僕と結婚する気なんかないリンダが、その計略を受け入れたんだろう、ってこともわかる。また、ほかにはどうしようもないだろうなってこともわかるよ。だから、とりあえず、あなたがイシュトヴァーンにそう云うのはかまわない。それに、リンダがイシュトヴァーンにそう云って求婚を拒んだりはばんだりすることもちっともイヤじゃあないよ。だけど、僕がイシュトヴァーンのいる公的な席に出て、リンダの婚約者として、あるいは恋人としてふるまうのは、それはお断りだよ。というより、それは、したらきっとたぶん、かえって危険だと思うよ。——本当のことだと思わなかったらイシュトヴァーンはいっそう向きになって求婚してくるだろうし、もしも万一、僕とリンダの演技がうまくて、真に迫った恋人どうしを演じてしまったとしたら、逆にイシュトヴァーンは逆上して、僕を殺そうとするかもしれないし、無理矢理リンダを拉致しようとするかもしれない。——そういう意味では、僕はあいつのことをこれっぽっちも信用していないんだ。僕が邪魔者なんだと思ったらたちまち、僕のことを暗殺しようとたくらむ、そういうやつだよ、あいつは」

それはまさしくそのとおりであったし、ヴァレリウスがもっとも心配しているのも、まさにそのことであったので、ヴァレリウスは呻き声をあげて黙ってしまった。

マリウスは、そのヴァレリウスを気の毒そうに見た。

「だから、すまないけれど、僕が一番自分のためにいいかなと思うのは、僕がイシュトヴァーンの滞在している期間、クリスタル・パレスから姿を隠していることだよ。その言い訳についてはなんとでもまたヴァレリウスが考えてくれたらいい。僕はあなたが隠れろといわれたところにどこでもゆくし、あなたが場所を見つけられなければ、とりあえずマルガにゆくなり、さもなければマリアにでもいって、イシュトヴァーンがパロからいなくなってもう戻ってきていいと云われるまでそこでおとなしくしている。決して、そこからまたどこかへ逃亡の旅になんか出てしまわないことは、これはヤヌスの大神にかけて誓ってもいいよ。僕も最近では、いろいろと思うところもあるから、そんな無茶はしない。ただ、僕がクリスタル・パレスにいて、イシュトヴァーンと顔をあわせると、おそらく最終的には、僕のいのちに危険が及ぶことになる、という気がするんだよ。そんな気はしない？　ヴァレリウス」

「それは――しないわけでも、ありませんが……」

「でしょう？　べつだん、死ぬのがやみくもに怖いといっているわけじゃあないんだけど、でもやはり、そんなつまんない死に方は出来ればしたくないし、なおのこと、イシュトヴァーンにだけは殺されたくないよ。だから、僕はどこかにひそんでる。適当に、地方の視察にいってるとでも、また体調を崩して保養にいってるとでもいって、僕の本当の行き先を隠しておいてくれたらいい。――それに、僕は正直、イシュトヴァーンとクリスタル・パレスで顔をあわせるなんて、真っ平なんだ。――もともとは、僕たちは遠い北への旅の路上で知り合った。そうして、野良犬どうしのように角付き合っていた間柄だったんだ。それが、片方がゴーラ王になり、片方はパロの王位継承権者だ、なんていうことでまた顔をあわせるなんて――あまりにもヤーンの皮肉というものだよ。第一僕達くらい、どちらもそんな立場に似つかわしくないものはそうめったにいやしない」

「ウーム……」

珍しく、マリウスとしてはずいぶんと理にかなった言葉を吐いたと思われたので、ヴァレリウスはまたしばらく考えた揚句に、マリウス――というかアル・ディーン王子に、

「マルガの離宮にお運びになっていて下さい」という結論を告げた。

「マルガでは、多少クリスタルから近すぎるかもしれませんし、また、イシュトヴァーン王が、万一、マルガに出向いてナリスさまの墓参をしたい、などと言い出す可能性もないではありませんが、そのさいには、またディーンさまを何処か安全な場所におかくまいするよう我々のほうで手配いたします。口実としては、やはり、アル・ディーン王子殿下は体調を崩されて遠くの保養地に滞在しておられる、といって通すのが一番よろしいでしょう。――それに、私はその点についてはまだゴーラ王にちゃんと確認したことがないので、わからないのですが、イシュトヴァーン王は、ディーンさまが、吟遊詩人のマリウスであり、さらにケイロニアのオクタヴィア皇女の夫であり、マリニア皇女

のお父様である、ということは、ちゃんと把握しているのでしょうか。——むろん、カメロン宰相がいることでもあり、それなりの情報網を張り巡らしてはいるでしょうが、よしんばサイドン伯爵マリウスのことまでは把握していても、それがパロのアル・ディーン王子殿下である、というところまで、ゴーラ王が知っているかどうかは……へたに確かめて、逆にそれで知らなかったものを知られてしまっては逆効果ですから、私はのちのちディーンさまのおいでにならないところで、よくよく気を付けてその点を確かめてみるつもりでおりますが、しかしゴーラはそれほどケイロニアの信頼を受けているわけでもなく、またむろんパロとケイロニアはどちらもこの重大な秘密の姻戚関係については——つまり、いまのところケイロニア皇帝家をオクタヴィア、シルヴィア姉妹の次に継承しうる唯一の存在であるマリニア皇女のお父上が、パロのアル・ディーン王子である、というあまりにも重大な秘密については、極秘中の極秘にしておりますから、ゴーラがよほど手際のいい密偵をパロなりサイロンなりに潜入させているならともかく、いまのゴーラのありようを見ているととてもそうは思えませんし……確かに機動力はありますが、それも戦場でのことで、外交的なものではないと思えますし。それに……」

「すごい」

マリウスはまた、無責任に、ヴァレリウスをかっとさせるようなことを云った。

「ケイロニア皇帝家をオクタヴィア・シルヴィア姉妹の次に継承しうる唯一の存在であ

るマリニア皇女のお父上――だって。まるで早口言葉みたいだ。よくまあ、そんなややこしい言葉を、紙にも書かないで云えたものだね。さすが魔道師だ」

「おからかいになってるんですか、この忙しいさいに」

ヴァレリウスはむっとして声をいくぶん荒げた。マリウスことアル・ディーンが、よほどよくなってきてもいるし、また、なんとかして「アル・ディーンであること」に適応しようとして、ずいぶんと努力してくれている、ということは認めざるを得なかったけれども、それでも、マリウスのそういうところを見ると、もともと生真面目なヴァレリウスはどうしてもむかっとせずにはいられなかったのだ。

「からかってなんかいないよ。感心してるだけだって。――まあ、ともかくじゃあ僕はマルガに隠れてればいいってことだね。それでも万一イシュトヴァーンがマルガにやってきたりしたら、また別のところに、イシュトヴァーンがマルガにいるあいだだけ隠れてればいいと」

「マルガの離宮においでになるのは、いささか底が割れすぎますから、マルガでも、リリア湖の対岸にあるもとのベック公のご別邸を借りて、そちらに御滞在になっておられればいいと思います。むろん、護衛の兵や魔道師はおつけしますが、あまり沢山の、身辺の御用をするものたちはおつけできませんが」

「大丈夫だって。僕はもともと吟遊詩人だからね。自分のことはなんでも自分でするのに馴れている。でも誰も話し相手がいないと退屈するかもしれないな」

「そう長いことはお待たせしないように、極力はからいたいと思っておりますよ」

むんずりとヴァレリウスは云った。またしても、ヴァレリウスの胸のなかには、「自分だけが貧乏くじをひいているのだ」という思いが去来してならなかったのだ。だが、もう、そんなことを云っている場合でもなかった。

マリウスが百人ほどの兵士と百人の下級魔道師に守られてマルガに出発していったのは、イシュトヴァーンがクリスタルにやってくるわずか半日前のことだった。というより、マリウスがクリスタル・パレスを出発して、その痕跡がまったくなくなるのと、イシュトヴァーンの到着がほぼ同時になるよう、ヴァレリウスがはからったのだ。謎めいた「アルド・ナリスの弟王子、アル・ディーン」の存在は、なるべく口にしないように、とクリスタル・パレス全体にかたくふれがまわされた。そして、いよいよ、イシュトヴァーン王が二百人のゴーラ軍を率いて、クリスタル・パレスに入城してくることとなったのだった。

3

「陛下。ゴーラ王イシュトヴァーン陛下がお見えになりました」

そっと入ってきた気に入りの侍女のアンが告げる声をきいて、リンダははっとして振り返った。

我にもあらず、しばらくのあいだすっかりぼうっとして鏡の前に座り込んだまま、櫛を手にして、だが髪の毛をくしけずりもせずにいたことにあらためて気付いたのだ。

だが本当は髪の毛をくしけずる必要などまったくなかった。すでに髪の毛はきれいに朝結い上げられ、こまかなきわめて薄いネットをかけて乱れないよう整えられていたが、その上に、ちょうど午後のなかばくらいにイシュトヴァーンがやってくると聞かされたときに、リンダの髪の毛を結い上げるのが役目の侍女が、そのネットの上に、ところどころに綺麗に真珠を縫いつけた、お洒落用のネットをさらにかけてピンでとめ、ゆったりと大きく結った髷の下側に、きれいな真珠と白い石をあわせて花のようなかたちに作った髪飾りを差し込んでとめていた。むしろ櫛などいれたら、そのきわめてきれいに整えた髪型を壊してしまうだけの役をしか、果たさないだろう。

服装にもぬかりはなかった。イシュトヴァーンが今日来る、ときいたときから、さんざんに悩んで考えて、スニにもあれこれと迷うことばをきかせた揚句に、ようやく決めたのは、深い漆黒のびろうどのボディスに、ふわりとふくらんだレースの上スカートとタフタの黒い下スカートが組み合わされ、袖は細いしなやかな腕が透ける黒いレースになっていて、手首のところでびろうどの細いリボンで結ぶようになっている、お洒落だが、そのまま正式の喪服としても使えるドレスだった。それに、さらに肩から黒いレースの長いマントを背中に流し、黒いしゅすの華奢な靴をはく。どちらにせよ、「黒衣の女王」としてしだいに名をはせつつあるリンダであったが、このたびのイシュトヴァーンの滞在については特に、黒以外のものは、最近たまには身につけていた濃紺や濃いグレイのドレスでさえ、まとうつもりはなかった。あくまでも、「まだまだ喪中」であることをはっきりと表明するために、朝も昼も夜もいやが上にも真っ黒な衣裳だけで通すつもりだ。

そのこと自体には、べつだん何の抵抗もない。もとより、それほど華麗な、色とりどりの衣裳を楽しむ、というほうではなかった。

お洒落でなくはない、着るものに関心がないわけではない、と思うが、しかし、もとから、あまり強烈に目立つ色というのはそれほど好きではない。もともとリンダが身につけていたのは、わりあいに淡い、あけぼの色とでもいったらいいようなほのかなピンクとか、きれいなうす水色、おのれの目の美しい紫とぴったりとあう深い紫、清純で気品あふれる白、といった色合いであった。宮廷の衣裳自慢の貴婦人たちのように、赤だのオレンジだの緑だのあざやかな青だの、といった色や、それらをまぜこぜにした頭の痛くなるような原色のドレスをとっかえひっかえした記憶は、少女のころまでさかのぼってもないのだ。

だから、この一年半というもの、ずっとほとんど黒以外のものを身につけないで通してきても、平気だったし、何の苦痛も感じなかったのだろうと思う――もっとも、その根本には、最愛の夫を喪い、とうてい黒以外のものなど、身につける気持にはなれなかった、ということがあったのも、事実であった。

最近になってごくまれに、あまりに黒衣で通すのも周囲のものをかえって気兼ねさせるかと思い直して、濃紺だの、きわめて濃い炭色だのの服は着るようになっているが、それもだが、着ているとなんとなく落ち着かないような気がしてくる。やはり、自分は、もう黒がおのれの望むただひとつのふさわしい色合いになってしまったのか、と思うと、さしものリンダも複雑な気持ちがしてくる。

(だけれど、今度ばかりは――)

徹底的に黒で、それも喪服をはっきりと感じさせるようなドレスで通して、イシュトヴァーンの気持をくじいてやろう、と思う。ほっそりとした白い首には、真珠の首飾りがかかっていたが、それ以外には、髪につけた真珠と白い石の髪飾りのほか、何の飾りもつけなかった。ドレスのスカートのひだにも、ボディスにも、本来ならば女王が外国の賓客を迎える衣類とあれば、きらびやかに金剛石だの、貴石だのがちりばめられていようが、いっさいそのような装飾はない。

（でも……それでも、どうしても……思ってしまう。私は、まだ綺麗かしらって……）

そのようなおのれを愚かだ、とまで思ってしまっては、あまりにも、まだ二十代になったばかりのうら若すぎる未亡人として、自分が可哀想ではないか、と思う。

（それに……私、やっぱり、どうかしている……）

イシュトヴァーンがやってくる、と聞いてから、おのれのなかに、ただごとならぬざわめきが起きてきてしまったのは、自分でもよくわかっていた。

（いやだ――イシュトヴァーンが来る、と聞いてからこっち、ずっと、変に、心の底が波立って……浮わついているわ、私……）

何を着よう、何をつけよう、どのように話してやろう、と、内心では、ずっとイシュトヴァーンのことばかり考えていた気がする。

ヴァレリウスやアル・ディーンと話をするときには、イシュトヴァーンの来訪がひどく迷惑だ、と何回も云いきったし、会いたくない、とまでも云った。その思いが、まんざら本当でないこともないのもわかっている。

(やっぱり、あの人のおかげで、私は未亡人になったのだもの——どんな顔をして、いまさら、あの人の求婚のことばなんか聞いていいものか——私、わからないわ……)

だが、それでも——

それが、女ごころの愚かしさというものなのだろうか、とこのところずっとリンダはひそかに反省していた。

(やっぱり、私、まだ若いのだもの……求婚者が久しぶりにあらわれた、というだけで……なんだか、心のなかがひどくざわめきたってしまう。といって、もちろん、何があろうと——イシュトヴァーンと結婚する気など、かけらもないんだけれど……)

(おお、いやだ——そんなことになろうものならどんなに大変なことになるか。大体、私がパロの女王だから、あの人は求婚にきたんだわ。それって、ずいぶんと功利的すぎやしない? 私と結婚すればパロの王座が労せずして、戦わずして手に入ると思っているのよ——)

(あの人は、そうやってアムネリスを手に入れて、モンゴール大公の夫になり、それからゴーラ王になって、アムネリスを自害に追い込んだんだわ。……それを見ても、あの人のそういう求婚だの、求愛がどれだけ利己的な、残虐な動機から出てきているかなんて、はっきりわかってしまう。——いまさら、そんなものにだまされるほど、うぶじゃないわ。――それに、第一……何よりも大切な、神聖なパロのために――この国をちょっとでもあやうくすることなんか出来ない。この若い身空で全力をあげて、一生をかけてこの国を——亡き夫に託されたこの国を守ろうとしているというのに、それを……そんな、ならず者みたいなやつに力づくで奪いとられてしまうなんて、そんな危険を冒すようなこと……絶対に出来ない……）

（いやだわ——そう思いながら、それでいて私……どうしても、《私、まだ綺麗かしら？　あの人は、十四歳のころの私と比べて、いまのこのとりすました私のほうが綺麗だと思うかしら、思わないかしら？》なんて思ってしまう……あの人の目に、美しくうつりたい、なんて思っている……）

何時間も、奥の衣裳部屋に入り込んで、あれやこれやと、そこにかけてある黒ばかりのドレスを眺め、これは使えるの、これはやめたほうがいいのと、スニだけを供に、時間をつぶしてしまった。そのことを思い出すとちょっと恥ずかしさに体が熱くなるが、いままとっているドレスにせよ、そのときに「これならば、煽情的でもなく、気品もあり、格式もあり、しかも女王としての貫禄だけではなくて、女としても可愛らしく見えるだろう」などと考えて別にしておいたものだ。そう考えると、いきなりそのドレスを脱ぎ捨てて、もっと何の飾りもない、真っ白な腕や胸が黒いレースから悩ましくすけて見えたりもしない、黒い絹の質素なただのすとんとしたドレスに着替えるべきなのではないか、という気がしてくる。といって、着替える気にはならなかったし、(もう、そんな時間など、ありはしないわ）とも思った。

（いやだ――本当に、いやだ、私ってば……なんでこんなに浅薄なんだろう。今日は、朝からずっと私、うわついていた……）

「いま、行くわ。そうヴァレリウス宰相にお伝えして。謁見の間ね」

アンに向かってそう答えたのもなかば上の空のままだったかもしれない。

膝のかたわらにスニがくっついていて、心配そうにリンダの顔を見上げている。もっとも、スニはいつでもどこかしら心配そうにリンダの顔を見つめているのだ。

リンダはもう一度口紅を引き直そうととりあげた紅筆をそのまままたきれいな小さな化粧盆の上に戻し、頬紅を強めることもやめて、そのまま立ち上がった。

「リンダさま、お加減わるいか？」

心配そうにスニがいう。

「え、どうして」

「リンダさま、顔色青いよ」

「あら、私……顔色が悪い？」

一瞬、もういっぺん座り直して、頬紅をやはりつけたくなったが、そう思ったことそのものに抵抗するように、リンダは肩をそびやかした。

「大丈夫よ。加減はどこも悪くないわ。さあ、行くのよ、スニ」

「アーイ」

鏡のなかのおのれにもう一度だけ目をくれて、それからぐいとそこから視線をひきはがすように、さやさやときぬずれの音をさせながら歩き出す。遠い昔の蜃気楼の草原の記憶が、どこかでさらさらと風の音とともに鳴った気がしたが、リンダは、それをもすべて払いのけるように、くちびるをきっとひき結んで、長い廊下の敷き詰められた絨毯の上を歩き出した。

（さあ――いよいよ……）

歩いているあいだに、さまざまなことを考えたせいか。

なんとなく、「これが勝負どころだ！」というような、逆にひどく肩の怒った、緊張した心持になっていた。リンダは、うしろにお仕着せの正装をしたスニと、それに十人ばかりの腰元たちを従えて、謁見の間に入っていった。

とたんに、ざわっと、広間のなかの空気が揺れた気がしたが、もうそれにもかまわなかった。リンダの目は、広間に入っていったとたんに、広間の奥の椅子から立ち上がったただひとりの人物に吸い付けられ、もう、ほかのものなど目に入らなかった。

（イシュトヴァーン――！）

この前の再会は、きわめて辛い、悲しい状況のもとだった。いっそ、記憶から消滅させてしまいたいような苦しみのなかで、リンダは、それまではむしろ限りなく懐かしいだけだった蜃気楼の草原が、あとかたもなく崩壊していった、という思いに打ちのめされていたのだ。

今度は、もうちょっと、気持にゆとりを持って顔をあわせられる、と思っていたのだった。だが、そこに立っている、背の高い、色の浅黒い青年を見たとたんに、リンダのからだは、黒いドレスの奥でがくがくと小さく小刻みに震えはじめ、どうしてもそれがとまらなくなってしまっていた。

（ああ――どうしよう！）

思わずそう叫んでこの場から走り出してしまいたくなるような、あやしいおののきが彼女の心をとらえている。

漆黒の――記憶にあるとおりの真っ黒な、夜の闇を思わせる瞳が、リンダをまっすぐに、これまた広間を埋めている他の人間たちなどまったく目に入らぬ、と告げているかのように、ひたすらに見つめていた。

その黒さは、亡き夫の黒い瞳とある意味、似ていたかもしれないけれど、いっぽうではあまりにもかけはなれていた。ナリスの黒い艶やかな瞳は、あやしい夜の闇をそのうちにひそめ、この世の神秘をつねに見つめてきた人そのものであるように――事実そうだったのには違いないが——その神秘によって染め上げられたかのような、ひどく神秘的な、深い深い黒であった。

イシュトヴァーンの瞳は同じように黒いけれども、それほどあやしく深くはない。むしろ、陽気な黒曜石のように、きらかな輝きをひそめ、ときにひどく戦闘的にきらめき、ときにはものうげに曇る。それはかえってナリスの黒い瞳よりもずっと生き生きしていて、そして、活発であった。それは、何よりも、（ああ——生きているのだ……）という感慨に似たものをリンダに与えた。

（どれほど愛していても……どんなに追慕していても……死んでしまった人は、ここにはいないのだ……もう二度と、戻ってくることはないんだわ……）

そのリンダの思いに対して、（ああ、そうとも。俺はこうしてここにこんなに生々しく、生きているんだ！）と叫んででもいるかのように、イシュトヴァーンはその長い両腕をひろげて、まるでリンダを抱きしめたいかのようにさしのべている。

ようやく、その黒い瞳の呪縛から目をそらすゆとりが出来たとき、リンダは、ふいに、あることに気付いてはっとした。

（ああ——この人——なんだか、ずいぶん変わったわ……）

それは、当然であるかもしれなかった。

会わなくなってから——その間に一回の再会は含めてではあったが——もはや、八年近い年月が流れ過ぎている。それは年とったものにとっては、さしたる年月でもないかもしれないが、十四歳と二十一歳だったかつての二人にとっては、十二分すぎるほどに変化をもたらしうる歳月の長さであった。

（そうだわ……年をとった。おお、なんてことでしょう、イシュトヴァーンは年をとったんだわ……）

といったところで、まだ、イシュトヴァーンも充分に若い。だが、それでも、リンダの目には、イシュトヴァーンがひどく年をとって、大人になって、まるで見知らぬ男になってしまったかのようにうつった。最もその感を強めたのは、イシュトヴァーンの顔のあちこちをちょっとひきつれさせている、白っぽい傷あとだっただろう。

（まあ……）

こんな、せっかくきれいな顔に恵まれているのに、それにこんなに沢山傷を負ってしまうなんて——と、リンダは文句を言いたくなったくらいだった。イシュトヴァーンのかなりあくの強い容姿は、誰の目にも必ずしも非常な美男子とは云えなかったかもしれないし、アルド・ナリスのような意味では決してひとなみはずれた異常なまでの美貌というわけではなかったが、確かに美貌ではあったし、男性として非常に魅力的な端正な容貌に恵まれていたし、そのなかにどこかゆがんだ魅力のある、皮肉っぽい微笑と無邪気な微笑みの双方をかねそなえた笑顔を、かつてのリンダは、「この世で一番美しい男性かもしれない」とさえ思ったものだった。

むろん、そんなことは当の相手には云わなかった――だが、それは、それまでのリンダにとって「世界で一番美しい男性」であった、アルド・ナリスを含めてさえ、そう思えたのであった。ナリスの美しさは、美術品の美しさであるとすれば、イシュトヴァーンの美しさは、躍動している黒い駿馬や、荒々しく空をかける大鳥の美しさであった。圧倒的で、生き生きしていて熱っぽく、多少それにひきさらわれていってしまうことへの恐怖をさえ感じさせたが、そのなかにどこか妙なもろさがあって、それがなまめかしくもあったし、色気とも感じられた。十四歳の少女にしてはずいぶんとそれはませた感じ方だったかもしれないが、当時のリンダには、イシュトヴァーンがにっと片頬笑いを見せるときや、激しく自分を愛していると打ち明けたときの真剣な顔ほど、美しく見えたものはなかったものである。

いまのイシュトヴァーンが、むろん、それにくらべてみるかげもなく、あとかたもなくその美貌を失ってしまった、というわけではない。むしろ、どこか妙に崩れた――といいたくなるような色気をはらんで、鋭い目が前よりもずっと翳りを帯び、浅黒い頬や額に白っぽい傷が走り、頬がそげて、幼さをあとかたもなく失ったその顔は、もうまったく美少年や美青年のそれではなく、云うなれば成熟した「大人の男」の魅力をたたえていた。もっとも、その魅力には何かひどく、物騒なものがあったし、危険な感じもあって、そのようなタイプが好きな宮廷婦人たちであったら狂気のように彼に夢中になったかもしれないが、もしも当時の十四歳のリンダの前に、いまのこの、いかにも悪党めいた黒いかげりを身につけた彼があらわれたのだとしたら、おそらく十四歳の世間知らずの王女にとっては、それは初恋の相手になるにはいささか黒すぎ、強烈すぎ、物騒すぎて、近づきがたかったであろう。

（まあ……なんだか——ああ、私うまく云えないけれど……なんだかすごく変わったんだわ、この人は……）

それは、イシュトヴァーンとはなれていた年月の長さをリンダにまざまざと思わせた。その分、おのれも変わった——と、相手の目に映じているであろう、ということも、リンダはしっかりと意識していた。この前、ナリスの葬儀の席で別れたときには、リンダは目を泣き腫らしてもいたし、また、正直、ナリスの死の衝撃になりふりかまってなどいられぬ状態だったと思う。その意味では、あのときのおのれを思い出すと、恥ずかしくてちょっと走って逃げ出したくなるようだ。だが、いまは、完璧に髪の毛も衣類もととのえ、落ち着いて、優雅な成熟した大人の女性——聖なるパロの女王として、イシュトヴァーンの前に堂々と立っているのだ——と、リンダは思いたかった。相手がいつのまにかすっかり大人になって成熟した、悪党めいた魅力を身につけた男性となっているのに、自分が十四歳のころのままでは、太刀打ち出来ない。

だが、あのころのままだとは思わなかった。

(私だって——あんなにいろいろなことがあって……あんなにいろんな試練を受けたのだもの。もう、十四のリンダじゃないわ……)

なんだか、以前よりもイシュトヴァーンはさらに背が高くなり、その分かえって横が細めになり、多少痩せすぎているのではないかと気になったが、リンダはじっとまたたきもせずにイシュトヴァーンを見つめ返した。イシュトヴァーンの注視をしっかりと受け止めて、(そうよ、これがいまの私よ、お気に召して？　この私は、いまのあなたには、美しく見えるのかしら？　あでやかかしら？　でも私は未亡人なのよ。亡夫の志を守ってこの国を守っている、健気で気高い女王なのよ！)という思いがはっきり伝わるように、かすかに口もとに我ながら高貴な微笑みを漂わせてみせた。

「ようこそ、クリスタル・パレスへお越し下さいました、ゴーラ王イシュトヴァーン陛下」

そのバラ色のふっくらとした唇から、落ち着いた声がもれた。

「突然の前触れなしのお越しでございましたので、お受け入れにいささか手間取ってはしまいましたけれども、これからはパロ全国をあげて、ゴーラ王陛下のご来訪を心より歓迎させていただきます。私、パロ女王リンダ・アルディア・ジェイナでございます。イシュトヴァーン陛下にはおかわりなく、お元気そうで何よりでございます」

「……」

一瞬、イシュトヴァーンは、鼻白んだようすで、リンダを見つめた。

それほど、形式ばった口を、リンダがきくとは、考えてみれば当然のことであっても、横紙破りのイシュトヴァーンには、なかなか想像出来なかったようだった。何回かちょっと目をぱちぱちさせてから、イシュトヴァーンは、進み出て、さしのべていた手をおろし、いくぶんぎこちなく云った。

「その――前触れなしに、突然このようにきてしまって――申し訳なかった。とても、あなたに会いたいし、会わなくてはいけない用事が出来てしまったので――ご無礼の段は、ええと……ひらに――ひらにお許し……願いたい」

いかにも、そのような言葉は使い慣れていないふうのイシュトヴァーンのたどたどしい挨拶を聞いていて、リンダは突然に、笑い出したくなった。

（まあ――なんてことでしょう）

（なんだ……この人、なかみは……ちっとも変わっていないんだわ。……あのころのまま……蜃気楼の草原のいとしい人のまま――レントの海の海賊、赤い街道の盗賊のままなのじゃないの！――見かけがちょっとばかり老けたからといって、なかなかに、なかみまでは変わるものじゃあないらしいわ！）

その考えが、リンダをふいにひどく気楽にした。彼女は、進み出て、優雅に黒いドレスの裾をつまんで一礼した。

「わが国及びクリスタル・パレスは、ゴーラ王イシュトヴァーン陛下のお越しを心よりご歓迎申し上げております」

リンダは優美に云った。優美に、優雅に、典雅にふるまうことは、生まれながらのパロの王女であった彼女には、わけもないことであった。

「この御滞在が、イシュトヴァーン陛下にとって、楽しきこと多いものとなられますように。わたくし及び宰相ヴァレリウス以下、クリスタル・パレスのものどももみな、陛下がクリスタル・パレスにて、心愉しくのどかに過ごされますことを、心より念じてお迎えしております。——長旅で、その上しばらく国境地帯で陣を張っておられたとうかがいました。さぞかしお疲れでもございましょう。まずは、ヴァレリウス宰相、御挨拶を申し上げてから、陛下とその側近の皆様にお休みいただかなくてはならぬ」

「は」

ヴァレリウスは、さすがに魔道師のマントではなく、宰相の正式の正装でひどく窮屈そうだったが、これもそつなく頭を下げる。

「すべてのご用意は整っております。わたくし、リンダ・アルディア・ジェイナ女王陛下より、パロ宰相を承っております、サラミス伯ヴァレリウスでございます。ゴーラ王陛下クリスタル御滞在中のご便宜は、すべてこのヴァレリウスがうけたまわらせていただきます。何であれ、お望みのもの、また御不自由をおかけするようなことがございましたら、ただちにこのヴァレリウスにお申し付け下さいますよう。のちほど、陛下に御滞在いただきます緑晶殿にご案内申し上げます。まずは、女王陛下もおおせのとおり、長旅のお疲れをお慰めすべく、別室におもてなしの御用意が出来ております。そちらにて、女王陛下とご歓談下さり、そののち、緑晶殿に落ち着かれまして、お着替えなどもすまされましたのちに、今宵は女王陛下主催のゴーラ王陛下歓迎の宴にておもてなしさせていただきたく存じます。また、ご滞在中の御予定などにつきましても、いろいろご相談させていただきたく、のちほどわたくしにも、いささかのお時間をたまわりとうございます」

「………」

イシュトヴァーンは、この美辞麗句と敬語の羅列に辟易したようにちょっと目をむいて黙っていた。リンダは、その様子をみていて、なんとなく小さな笑いの泡が胸の奥からわきあがってくるような気がした。考えてみれば、そのような気持がするのは、ナリスが死んでから、これが本当に正真正銘のはじめてのことであった。

4

「なあ……」

ようやく、リンダの人払いで、侍女たちが引き下がってゆくと、イシュトヴァーンは、ようやくほっとしたように、大きな錦織のソファに身を投げ出した。格好は一応それなりの、一国の王が他国の女王を正式にたずねるにふさわしい正装を身につけているのだが、それでいて、どことなくイシュトヴァーンの様子のなかには、いまだに《赤い街道の盗賊団の若き首領》を連想させる何かがあり、それが、リンダをちょっとどぎまぎさせているのだ。

だが、リンダ自身も、イシュトヴァーンと二人きりになって話をしてみたかった。というよりも、大勢の侍女や騎士たちや、ことにヴァレリウスや聖騎士侯たちの前でイシュトヴァーンとことばを交わしているかぎりは、結局どうという話は出来ない、という気がしていたのだ。

ヴァレリウスとの約束どおり、求婚の話を極力避けるためには、二人きりにならないほうがいいのかもしれない、とも思われたが、リンダは、あえてスニ以外のすべての侍女たちに「次の間で控えているように」と命じたのだった。もとよりイシュトヴァーンも、おのれの小姓たちなどは別室に控えさせている。イシュトヴァーンのほうは最初から、この肩の凝る儀礼続きにほとほとうんざりしているようすを隠そうともしていなかったのだ。

（相変わらずなのね、あなた……）

リンダは、またしてもあの小さな笑いの泡が胸のなかにふつふつとたちのぼってくるのを感じながら、スニに「イシュトヴァーン陛下と私にお茶を持ってきて頂戴」と頼んで、スニさえもいったんしりぞけてしまったのだった。

「やっと二人きりになれて、嬉しいけどよ……」

二人きりになると同時に、いきなり、イシュトヴァーンのことばが崩れた。というより、もともと、そういう敬語などは、まったく使い慣れていなくて、まごまごしていたのだ。

「ずいぶん格式ばらなくなった、って話だったけど、まだ、パロ宮廷はほとんど変わってねえじゃねえか？」

「あら、そうかしら？」

リンダは、一瞬どの程度に自分もことばを崩したものか迷ったが、結局、イシュトヴァーンにあわせてやるべきだ、と考えて、ごく親しげに云った。

「これでも、本当にものごとは簡略化したし、とても略式になったのよ、万事が。いまのパロでは、以前のような伝統を守っているだけのゆとりもないし、人材もないし、だから、本当に、昔を知っている古老などは、パロ宮廷らしさがほとんど失われてしまったと嘆くほどに、いまのパロ宮廷は簡略なのよ、何事によらず」

「そりゃ、前のほうがおかしかったんだよ。そりゃ絶対だ」

イシュトヴァーンは断言した。そして、ふうーっとまた深い溜息をついた。

「ことにあのヴァレリウスの野郎、べらべらべらべら、立て板に水みたいにしゃべりやがって、俺ぁもう、やつがあとひとことあぁいうことを云ってやがったら、あの場から飛んで逃げ出すところだった。どうしても、馴染めねえんだなあ、いつまでたっても。ゴーラ王になっても」

「そうなのね、イシュトヴァーン」

リンダは、なんとなく落ち着かぬ、たえずむずむずとからだがこそばゆいような、ひどくぎこちない気分と、懐かしく親しい、昔よく知っていた情緒のなかにすぽりとからだごと投げ込んでしまいたいような誘惑とのあいだで、ひっきりなしにさいなまれながら、表面はにこやかに、何事もなかったように笑顔を向けていた。用意されていた室は天井の高い、女王が賓客と個人的に密談をしたりするときのための応接室で、緑色を基調にした内装が豪華で美しい。金と緑と青がたくみに織りあわされた、ふくらんだソファにイシュトヴァーンは身を投げ出していたが、リンダは、そのイシュトヴァーンからかなり距離をとって、それ以上はなれたら小さな声なら聞こえないのではないか、と思うくらい遠くにある、一人がけの腕つき椅子に、こちんと行儀よく腰かけていた。そうやって、そばによらぬことで、おのれの意志表示にもなるし、また、隙をみせないことにもなるのではないか、と思ったのだ。

もっともイシュトヴァーンのほうは、そんなこまごまとしたことはいちいち気にもとめてはおらず、リンダが自分とずっとはなれて座ったことなども、まるきり気にしてはいないようだった。それよりも、本当にいまのほんのひと幕の歓迎の儀式で、すっかりへこたれてしまったふうに見える。

イシュトヴァーンの身につけているのは、錦の胴着をつけた、黒いしゅすのシャツと、ぴったりとした黒い足通し、そしてその上からたっぷりとした袖つきの、金織りのふちのついた長めの紫色の上着で、さらにその上に長い豪華なびろうどの黒いマントを羽織っていた。シャツの襟元には、豪華な大きめの宝石をはめこんで、まわりに飾り彫りのあるブローチがとめられている。漆黒のつややかな髪の毛は相変わらず長いが、それをうしろできっちりとたばね、銀色の飾りひもで縛ってとめている。マントは肩で上着にとめつけるように出来ており、その肩にも、豪華な金銀と宝石をあしらった肩章がついていた。どれもたっぷりとしている上に地厚なので、もともとの体形などほとんどわからなくなってしまいそうだが、背の高い、すらりと痩せ形のイシュトヴァーンには、そのような派手やかななりがぴったりとよく似合っている。額には、小さな、ゴーラ王の略章である真紅の宝石をはめこんだ獅子をかたどった、丸い額飾りを、その両側から出ている黒いしゅすのリボンで頭に巻いていた。礼儀上、一切の武器は持っておらぬので、腰に剣帯もつけず、飾りの礼装用の剣も吊していない。

それは、イシュトヴァーンが連れてクリスタル・パレスに入ってきたゴーラの精鋭たち、及び近習たち全員がそうだった。まったく何の害意もないことを示すためだろう、かれら全員が、鎧かぶとの武装ではなく、式服のやわらかものの礼装をつけ、腰にも、通常なら式服であっても身につける礼装用の剣をも帯びていないように統一されていたのだ。イシュトヴァーンのほうでも、おのれのこの訪問が非常識であること、その分パロ側にどれだけ警戒されても仕方がない、ということはよくわきまえていて、それで、わざわざ、そのようにはからったに違いなかった。それは確かにきわめて重大な譲歩であった——とりもなおさず、そうしてすべての武装を解除している、ということは、かれら自身のほうが、もし万一パロ側の騎士たちから剣を突きつけられたとしたら、とりあえずは抵抗のすべはない、ということを意味していたからである。もっともヴァレリウスなどは、ひそかに、（どうせ、いざとなりゃ相手の武器を奪えばいいいくらいに思ってるんだろうが……）と考えていたものだが。

いずれにせよ、イシュトヴァーンのほうでは、一生懸命リンダ女王の気にいられたい、という考えでふるまっているのは間違いなかった。かれらに続けて運び込まれたのは、立派な台にのせて、台車で運んでこられた、ゴーラ王からパロ女王への贈り物の数々で、またパロ宮廷そのものへのもの、宰相やなみいる政府高官たちへのもの、いま現在ゴーラがいかに金に困っていないかをアピールするためのように、おびただしい贈り物が、あとからあとから、これはそのためだけにやってきてすぐユノに送り返される予定の歩兵たちの手で、謁見の間に積み上げられたのである。

最も目立つ、最も重大な贈り物は、ゴーラ王個人からパロ女王への個人的な贈り物、という注釈つきでひろげられた、素晴しい細工ものの『小さな庭園』の作り物で、小さいといってもそれこそ一タッド×二タッドくらいの大きさはゆうにあり、それだけの大きさの黒檀の台の上に、目もあやな、数々の作りものの花々が咲き誇り、その上に小鳥が飛びかっている、実にみごとな可愛らしい飾りものであった。

思わずリンダが歓声をあげたくらい、それはみごとな細工であったし、ありとあらゆる種類の花々があるのではないか、というくらい沢山の、けっこう大きな花がそこに繚乱と咲き乱れていて、色もきわめて鮮やかであった。むろんその花々はすべて作り物で、したがって枯れる心配も、水をやる必要もなかったのだ。

それらはすべて、象牙を彫って作られたもので、それに彩色してあった上に花芯にはきらかな貴石をはめこんであったので、実に絢爛豪華であった。しかも、それをうやうやしく箱にいれて捧げ持ってきたものたちが箱から出し、かけてあった布を取り去って、それを見たものたちの歓声と感嘆の声がまだ消えないうちに、中のひとりがその前にかがみこんで操作すると、さらに驚くべきことが起きた——羽根をたたんで梢に休んでいた鳥たちが飛び立ち、蝶々が花のあいだを飛び交い、そうして、どこからともなく妙なる調べがわき起こったのである。鳥のさえずる声がきこえ、同時に美しい音楽が流れてきた——それは、この作り物の台のなかに仕込まれていた細工であった。ひとしきり音楽が終わると、鳥たちはまたすっとそれぞれの梢に戻ってゆき、蝶々やきれいな虫たちは草むらに姿を消して、ひとわたりの仕掛けが終わるようになっていた。だがまたかがみこんでねじをまくと、再び鳥たちが色あざやかな翼をひろげて飛び立ち、歌がはじまり、美しい音楽がはじまるのだった。

この捧げ物は当然、非常な歓呼と喝采によって迎えられたが、ほかのものも、ひけをとるものではなかった。実際には、ヴァレリウスなどにとってはそのほうが涙がでるほど有難い、というものもたくさんあった——これは目録で運びこまれた沢山の品物のなかには、黄金ののべ板十枚それぞれ百ラン相当、純金製の飾り剣と飾り剣帯のセット、銀に紅玉をはめこんだ首飾りと耳環のセット、などなどもあったのだが、そのほかに、ゴーラ特産の火酒百つぼ、ゴーラ名物のはちみつ十樽、アルセイス名物の砂糖づけ乾果大箱に十個、などという実際的なものもあったのである。

これらの贈り物はたいへんに喜ばれて受け取られ、手厚い謝辞が述べられた。そして、ゴーラとパロ両国のこののちの友好と繁栄とを願って、運び込まれたはちみつ酒で乾杯が行われて、それで最初の歓迎の儀はお開きになったのだが、これだけの貢ぎ物があったからといって、それでただちにゴーラ王一行大歓迎の雰囲気になってしまっては、いかに何といっても伝統あるパロの沽券にかかわるだろう、ということで、ヴァレリウスたちはあえて慇懃な態度を崩さなかった。それで、イシュトヴァーンのほうは、ヴァレリウスの敬語攻勢にすっかり参ってしまったのである。

「あのいま茶をとりに出てったチビ助は、あの——なんていったんだっけな、セム族の子猿だろう？　なんと、まだお前、あ失礼あんたのそばにいたんだな。でもって、一丁前にお仕着せなんか着ちゃって、ちゃんとあんたの御用をつとめてるってわけだ。すごいじゃないか——セム族といやあ、あんなにちっこいんだし、もっと短命なのかと思ってたよ」

イシュトヴァーンは首すじを思わず手をのばしてもみながら云った。

「まあ、冗談じゃないわ。セム族はそんなに短命ではありませんわ。それにスニはまだセムとしても充分若いほうよ。まだまだ、中年にもなっていないわ。まだこのあと何十年も生きていて、私のそばにいてくれなくては。私はずっともうあの子がそばにいるのですから、あの子がいないとどうしていいかわからないわ」

「へえ。あんなんでも、そんなに役にたつんだ」

イシュトヴァーンがにくまれ口のつもりもなく云って、思わずリンダの柳眉を逆立てかけさせたとき、当のスニが、盆にのせた冷たいカラム水の銀杯を二つ、うやうやしく目の高さに捧げ持って入ってきた。

「ハイ、リンダさま」

「ああ、イシュトヴァーンさまからよ、スニ」

「ハイ、リンダさま」

スニはおとなしく、イシュトヴァーンの前に盆を差し出した。イシュトヴァーンはひどく喉がかわいていたので、急いでその銀杯を受取った。

「カラム水か」

においをかいで見ながらいう。

「懐かしいな。あのかたは確か、カラム水がたいそうお好きだったよな。よく覚えてるだろう、俺」

「あの人のことをいうのはやめて」

リンダは鋭くさえぎった。そして、それから、いまはこの相手が自分の客人で、自分はもてなしている立場なのだ、ということを思い出したので、銀杯を取り上げてちょっと力なく微笑んで見せた。

「ともかく、クリスタルへようこそ、ゴーラ王イシュトヴァーンさま。一別以来ですけれど、とてもご壮健のようで嬉しい限りですわ。さあ、とりあえず再会を祝して乾杯いたしましょう」

「おいおい」

イシュトヴァーンはへこたれたようにつぶやいた。

「まだ、そんな、あんたまで儀礼儀礼で攻めてくるのかよ。勘弁してほしいな。二人でいるときくらい、昔の気分に戻ろうぜ。なあ。——といって、もちろん無礼にふるまうつもりなんかないから安心しろよ。いまじゃ、俺だって一応まがりなりにもちゃんとしたゴーラ王イシュトヴァーン陛下なんだからな」

「昔の気分といっても、そんなに急に昔のままには戻れやしないわ。でもとにかく、あなたの云いたいことはわかるつもりよ。……とにかくまずは、取り敢えず乾杯しましょう。再会を祝して」

「ううう」

イシュトヴァーンはしきたりどおりそれに和するかわりに、なんともつかぬうなり声のようなものを出した。

それから、顔をのけぞらせ、ひと息でカラム水を飲み干してしまった。

「うわ、甘い」

飲み干したあとで、スニの差し出した盆に銀杯を戻しながら、めんくらったように云う。

「そうか、だが、懐かしい味だな。そうだったな、カラム水てやつは、甘いんだ。パロのカラム水ってやつは特別にな。――その味を、長いこと忘れてたよ。いま、イシュタールじゃあ、ほとんどカラム水なんか、飲まないからな。というか、酒じゃねえ飲み物なんか、ほとんどみんな飲みたがりやしねえからな」

「まあ、それじゃお酒の飲めない女性や、下戸の騎士たちはどうしたらいいの?」

「そりゃ、そいつらは馬かカエル《ランダド》みたいに水でも飲んでるほかはねえさ。だが、女はいいんだ。イシュタールにはあんまり女はいねえからな。まだ、建てていくらもたってねえ都市だし、女がいることはいても、みんなそれぞれ裏方の仕事をしてるからな。しかし騎士の男が、酒が飲めねえから水をくれ、なんていったら、いい笑い者になって、翌日にはもうイシュタールじゅうに、騎士の誰それは水で乾杯したそうだ、っていううわさ話がまわってるだろうな」

「まあ」

リンダは首をふった。

「そんなに、ゴーラの人達はみんなお酒をあがるの？　それじゃ、私たちが今回用意した程度のお酒じゃあ、とうてい足りるものじゃないかもしれないわね。さきほど頂戴した火酒をさっそくお持たせで出してしまわなくちゃ、足りないかもしれないわ。いま、パロ宮廷では、そんなにお酒を飲むことははやっていないのよ」

「そりゃまた、とんでもねえところだな」

イシュトヴァーンは鼻息荒く云った。

「宮廷で酒を飲むことが流行ってねえだって？　そりゃあ、とんでもねえよ。それだったら、いったいどうやって退屈をしのいだらいいんだ？」

「パロ宮廷では、いま、誰ひとりとして、退屈などしていられるようなひまな人はいないのよ。イシュトヴァーン――」

つい、心やすだてに名を直接呼んでしまってから、リンダは、ちょっとはっとしたような顔になった。

礼儀上からいえば、そうして直接相手の名前を、しかも「陛下」といった敬称もつけずに呼びかける、というのは、パロ女性としては、ひどくかるはずみで、しかもおのれをも軽くみさせてしまう行動であった。ことにこのような場合であったから、パロの女王としては、もっともっと格式ばってふるまい、来客とのあいだに距離を置かなくてはならぬ――そうして、何回かの会見を経てようやく少しづつ、言葉を親しげにしてゆき、しかし最後まで、敬称なしでなど、話しかけてはならぬ、というのが、これまでのパロの作法からゆけば当然のことだったのである。

だが、イシュトヴァーンはむろん何もパロの面倒なしきたりについては知らぬし、リンダがそう呼びかけるのはしごく自然だと思っていたから、何も気にしなかった。

「へえ、いま、そんなにパロ宮廷は大変なんだ？」

「ええ、まあ……そうね、そう云えなくもないわ……何しろ、そのう、人材が少なくなってしまって」

リンダは、今度はかなり用心深くなりながら答えた。ヴァレリウスから、くれぐれも、いまパロの軍事力がひどく落ちてしまっているとか、パロの経済が行き詰まっているとか、そのようなたぐいのことは口にされませんように、それをたちまち相手かたにつけこまれることにもなりかねませんから、と釘をさされていたことを思い出したのである。

「その、つまり……有能な人は、ということなのだけれどね。――みんな、有能な人たちは掛け持ちで仕事をして、朝早くから夜遅くまで、とても大変なようだわ」

「そりゃまあ、有能なやつほど大変で、無能なやつは何もしねえでのんびりして、それでいて同じだけ給料を貰ってる、ってのは、どこの国だっておんなじだけどな」

イシュトヴァーンはスニに向かって、かるく銀杯を指さしてみせた。

「おい、エテ公むすめ。もう一杯、持ってきてくれねえか。出来れば、あんまり甘くねえやつをな。――なんかの酒で割ってもらえりゃ、なお有難いんだが」

「スニのことを、エテ公なんていわないで」

むっとして、リンダは云ったが、おのれをおさえて云った。

「スニ、イシュトヴァーン陛下に、カラム水をもう一杯お持ちしてさしあげて。そうして、それと別に、火酒もお持ちしなさい。いえ、つぼじゃなく、銀杯で。申し訳ないけれど、ここではそんなにあがっていただくわけにはゆかないわ。このあと、お休みいただいてから、歓迎の宴になるし、その席ではたんとおあがりになれるでしょうから、いまからそんなに酔っぱらってしまったら、あなただって困るでしょうし」

「おいおい。火酒の一杯や二杯で、なんだって俺が酔っぱらうものか」

苦笑して、イシュトヴァーンは云ったが、スニがいくぶん不平そうな顔でイシュトヴァーンを見てから丁重に礼をして出てゆくと、また肩をすくめた。

「なんだか、変なふうにはじまっちまって――どういうふうにすすめていいか、わかんねえんだけどな」

「って――何を？　何のこと？」

一瞬、ぎくりとして、リンダは云った。

「いや、こんなふうじゃねえように想像してたからさ。――なんか、俺もあんたも調子が狂っちまってんじゃねえかと思うんだけどな」

「調子――って……」

「なんかさあ。――なんたって昔なじみなんだからさ。なんというかこう……もうちょっと、自然に、こう、親しみやすい感じで、再会を喜んだりとか出来ると思ってたんだよ」

イシュトヴァーンは困惑したように云った。

「まあこっちも……立場がもうあのころとは違うっちゃ、違うのは確かなんだし……あんたにしたって、いまやパロの女王陛下になっちまって、それはもう、あまり……いきなり、『まあ、やっと会えたのね、なんて懐かしいんでしょう、あの草原のことを覚えていて、イシュトヴァーン？』なんていって抱きついてくるってわけにゃ、ゆかねえんだろうけど……」

「ゆかないわよ、それは」

リンダはちょっと苦笑して答えた。

「それに、そもそも、どれほど親しみを持っていても、どれほど懐かしいと思っている人だったとしても、みなの前で抱きついたりなんかしやしないわ。そんなことをしたら、女王としての体面というものが」

「だから、みなの前じゃしょうがねえのかな、って思っていたんだ」

イシュトヴァーンは不平そうに云った。

「だけど、二人になったら、ちったあ違うのかな、って思っていたよ。だけど、あんたは、ちっとも――二人きりになっても、何も態度が変わらねえじゃねえか」

「そんなことは……そんなことはないと思うわ」

リンダは抗議した。

「それに、そんなに急に――親しみを示すようなことはしないのよ、パロの貴族女性というものは。まして私はパロの聖女王だわ。こんなふうにして、さきほど到着されたお客様と、もう二人きりでお話しているというだけでも、まったく異例のことよ。本来ならば、今日はもうあのさきほどの謁見の間でお目にかかっただけでおしまい。あとは明日、もう一度公式謁見をして、それから歓迎の宴があって、それでようやく、居間にお遊びにいらしてお話したい、というお話をいただいて、何回か調整してから、お迎えする段取りになる――というのが、パロでの当然なりゆきなんだから」

「そんな悠長なこと、とてもやっちゃいられねえな」

というのが、イシュトヴァーンの答えであった。

「俺はゴーラをそんなふうにしちゃいねえんだ。そりゃまあ、ユラニアのころはそういうふうだったかもしれねえけどな。いまは、すっかり――なんていうんだろう、現代風になってるぜ。第一、そのほうが全然話が早いし、それに気分だって楽じゃねえか」

「それは、そうかもしれないけれど……」

「そんな古いしきたりだの、決めごとだの、礼儀作法なんか、何の役にたつんだ。この考えだけは、俺は一生変わらねえだろうと思うな」

イシュトヴァーンはふいに言葉を切った。

そして、じっとリンダを見つめた。ふいに、それまでとまったく違う、囁くような声がもれた。

「なあ。リンダ——俺は、王になったよ。俺は、王になったんだ！」

第三話　求　婚

1

「それでは、ゴーラとパロとの、永遠の絆と友好と両国の繁栄を祝して、乾杯」

たまたまマルガにきていたのを、なかば無理矢理ヴァレリウスにクリスタルへ引っ張ってこられた、老マール公の音頭の声が、美しくきららかなクリスタルの間に凜然と響き渡った。

マール公がマルガにナリスの墓参のために来ていてくれて、本当によかった、とひそかにヴァレリウスは、乾杯の火酒のグラスをあげながら考えていた。自慢ではないが自分はそのような華やかにおもてに立つことが一番不得手なのはおのれでよく承知している。

(何をいうにも、俺は魔道師なんだからな……魔道師でしか、ないんだからな)

といって、主賓であるイシュトヴァーンにも、迎える側の代表者であるリンダにも、このさいは、それはさせられない。慣例によれば、それは、第三者の、そして格も身分も年齢も充分にあるものがする役割である。まさにその意味ではマール公などはうってつけといっていい。何よりも、いまのパロ宮廷では、マール公以外にそのような役目がつとまる立場のものはほとんどいなかった。アドリアンはカラヴィアにたまたま帰っているが（というよりも、リンダがイシュトヴァーンとのいらざるあつれきを避けて、当面カラヴィアに向かって出発するように、という命令を下したのだった）アドリアンでは、位は充分でも年齢が足りない。といって父のカラヴィア公では、カラヴィアからクリスタルまで、どれほど急いでもこの急場に間に合わない。

それに、アル・ディーンならば、「王太子」という立場にするならば厳密にはおかしくはないが、やはりアル・ディーンには、本来のパロ王家の構成者としての気品や、立ち居振舞の重々しさに若干欠ける面がある、というのが、ヴァレリウスのひそかな結論だった。むろんこの場合は、イシュトヴァーンにアル・ディーンを会わせるわけにはゆかない、という事情もあることはあるが、それを別にしても、（不思議なもので、やはり母親の出が違うからなのかな……ナリスさまとでは、ディーンさまは、気品や格があまりに違う……）という感慨を、ずっとヴァレリウスはひそかにいだいている。もとより、アルド・ナリスほどに気位高く、気品あるものは貴族王族のなかにも他にいはしなかったのだが、それにしても、弟であれば、もうちょっとは品があって、ものに動じず、かつ威風堂々とふるまえてもいいのではないか、とヴァレリウスはいまだに考えずにはいられないのだった。

そういう彼自身も、一応いつまでたっても気に染まぬ宰相・サラエム伯爵の正装に身を包み、遺瀬ない気分であることにはかわりはない。このきらびやかな――ひところに比べれば十分の一ほどもないきらびやかさではあったにせよ――クリスタル・パレス宮廷のなかで、おのれひとりが、まったく身に添わぬ衣裳をまとって、猿芝居を演じさせられている、という気分が、いまだにヴァレリウスには抜けないのだった。

だが、そのようなことはむろん、おくびにも出さず、ヴァレリウスは一見ではきわめて堂々とこの祝宴を仕切っていた。ものや金が欠乏の折だとはいえ、ちょっと前よりは、多少パロの経済事情も好転に向かっている。悲惨な内乱から、時がたつにつれて、パロ全体が、本当に薄紙をはぐようにゆっくりとではあるが、復興しつつあるし、それに、ケイロニアの使節団がグイン王を迎えにきたさいに、いろいろと援助を残していてくれたおかげで、ずいぶんと助かった。物質的にも、金銭的にも、大きな援助が与えられていたし、それに、人の少なくなったパロ宮廷をにぎやかすに充分なほど、ケイロニアの在パロ駐留軍のお歴々が、きらびやかな姿をこの宴席にも添えてくれている。

金犬騎士団の准将メルキウス卿と、その副官数人、それにおもだった隊長クラスの騎士たちが、きららかだがいかめしくはない、このような宴席用の胴丸をつけ、長いマントをつけた盛装でこの席に並んでいてくれなかったら、イシュトヴァーンがほとんどの騎士たちをユノにおいてきたとはいっても、ずいぶんと迎えるパロ側は寂しいものになってしまったに違いない。アル・ディーンもマルガにいってしまったし、アドリアンもいない。ヨナもおらぬいま、パロ宮廷のおもだった顔ぶれといっては、マール公を別にすると、リンダ女王とヴァレリウス宰相、ほとんどその二人だけになってしまう。あとはぐっといきなり格が落ちて若い聖騎士侯や聖騎士伯たち、それに文官たちしかいないのだ。「重臣」と呼んでよい人材が、いまのパロにはほとんどいないといっていい。

それだけではなかった。メルキウス准将にこの宴席への列席を頼み込んだヴァレリウスの心底には、（ケイロニアの駐留軍がこれこのとおり、ちゃんと目を光らせているのだぞ――）と、イシュトヴァーンに、さりげなく示威運動をしたい気持もおおいにある。

だが、それを知ってか知らずか、イシュトヴァーンは、いたって機嫌よく、愛想よくしていて、メルキウスにも、引き合わされるとたいへん愛嬌たっぷりに挨拶をしたし、ケイロニアのものたちがこの宴席に列席することをいとうけぶりも見せなかった。

イシュトヴァーンの側からは、副将のヤン・イン准将と、それに側近のマルコ准将、それにあとはもう、数名の大隊長を同席させただけで、極力パロを刺激しないように、というつもりであるのは明らかだった。通常ならば、それぞれの将軍や大隊長が数人づつ、護衛の騎士をともなっているはずだが、かれらは今回はそれをともなっておらず、イシュトヴァーン自身も、小姓数人と、親衛隊の騎士十人ばかりを末席におかせているだけだったのだ。それゆえ、一国の王が伝統ある隣国の女王に公式の訪問をし、その歓迎の宴が開かれた、というような席であることを考えてみると、これまでだったら想像も出来ないくらいに、その宴席はこじんまりとした、むしろ地味なものになっていた。

それでも、御馳走は十二分にテーブルの上に並べられていたし、それに、パロ側からは、その分女官たち、腰元たち、貴婦人たちがきらびやかに着飾って参列していたから、そういう意味での華やかさに欠けるところはなかった。戦いで死んだり、隠退したり、公式の席に出ることが出来ない状態になってしまった夫のかわりに、未亡人たちや、夫人たちが代理として出席していたので、かえってその場は、さやさやと鳴るきぬずれの音や、さまざまな香水のかおり、それに色とりどりの絹やしゅすやタフタのドレスでいっぱいで、いかにパロの貴族たちの盛装が華やかだとはいっても、こうして貴婦人たちが盛装して居並んでいるのにはとうていかなわなかっただろう。

貴婦人たちも、このしばらく、パロ宮廷ではまったく、社交らしい社交の催しなどというものは開催されなかったので、ここを先途と着飾ってきたらしく、それぞれに思いきり趣向をこらしたドレスに身を包んでいて、とても華やかであった。夫を内戦で失って代理に参列している未亡人たちも、黒ならば黒なりにさまざまな、宝玉をちりばめたり、レース使いの豪華なドレスを身にまとっていて、かえって派手に見えた。また、うすずみ色のドレス、濃紺や濃いグレイまではパロでは服喪の色と見なされていたので、そのような色あいで、とても華やかなドレスをまとっている未亡人もいた。そうして、巨大な羽根扇をぱたつかせ、首にはきらきら光る宝石の首飾り、指にも大きな指輪をし、耳には長く垂れ下がるイヤリングをした貴婦人たちの群れが、クリスタルの間をいろどっているので、男たちのすがたはかつての半分もいなくとも、あまり空間があいているようには見えなかった。何よりも、御婦人方の服装のほうが、長々と裾をひき、また最近はスカートを重ねて上スカートにはなやかなレースを腰のあたりをふくらませて長くひいて使うのが流行っているので、だいぶん男性の盛装より場所をとったのも確かである。

その華やかな席のなかでも、リンダ女王のいでたちと様子はひときわ人々の目を引いていた。

今夜のリンダはやはり漆黒のしゅすの衣裳であったが、胸の部分には、銀糸の入った黒い糸でぎっしりと精密な刺繡がほどこしてあり、そしてその刺繡にまた要所要所にきらびやかな金剛石が縫いつけられていたので、衣裳そのものがきらきらと輝いていた。リンダ自身はあまり大柄というか、ふくれあがって見えることを好まなかったので、アンダー・スカートはきわめてほっそりとした、リンダの腰のラインにそったシルエットで、その部分は地紋がきれいに浮かび上がっている黒いしゅす、そしてその上から、二重に、銀が織り込まれた黒い華やかなレースのオーバー・スカートをつけて、上のほうのオーバー・スカートの腰のうしろの部分がこんもりと盛り上がり、その上から大きな黒い地紋のある、アンダー・スカートと同じ生地のリボンがつけられて、その端が長々とレースのスカートの一番下まで垂れていた。

ゆたかなプラチナ・ブロンドはきれいにふっくらと結い上げられ、いたるところに黒い貴石をちりばめたネットでまとめて、両側に黒い羽根飾りのついた髪飾りで止めてあった。そしてそのネットのてっぺんからも、銀をあしらったヴェールがふんわりとうしろに垂れているので、髪の毛はきっちり結い上げてあっても、しとやかで女らしく、かつ色っぽくも見えた。

ドレスの胸はかなりあいていたので、ほっそりとしているわりにゆたかな胸のなめらかな白い肌が惜しみなくさらけだされていた。その胸に、かなり凝った、細い頸にまずぐるりと黒い石のチョーカーをつけ、そのチョーカーから黒い繊細なレースがあいだについている大きめのネックレスが下におりている、という飾りがつけられていて、その黒いレースが、リンダの肌の驚くべき白さをいちだんときわだたせていた。のどもとにはきらきら輝く金剛石がついており、あえてリンダは略王冠をさえつけることをしなかった。手には黒い羽根で作った大きめの扇を優雅に半分畳んで持ち、指にはナリスとの婚約の指輪、そして耳にはあまり大きくないがきらきらとよく輝いてとても目をひく金剛石の耳飾りがつけられていた。むろん、化粧にも手ぬかりはまったくなかった。

そうして黒い繻子の華奢な靴をはき、さいごの仕上げに両肩から巨大なブローチでとめてある、背中の部分はかなり下まであいて垂れ下がっている、ごく薄くてすける銀のレースのマントを流して、それが長々とひいている二重のレースのオーバー・スカートと、その上の繻子のリボンの上にふわりとなびいている、といういでたちで、リンダがクリスタルの間に入ってくるなり、期せずして宴席に列席して主役の登場を待ち受けていた客たちの口からは、大歓声がほとばしった。リンダがあまりに若く、美しく、そうしてなまめかしかったからである。

そのような、黒と銀しか使っていないなりは、彼女の若さをいっそう引き立て、そうして彼女のそのスミレ色の瞳の美しさをいっそう強調するように見えた。すでに先に会場に入って待ち受けていたイシュトヴァーンも、そのリンダの姿をひと目見ると、うっかりひゅうと口笛を吹きそうになって、あわてておのれを引き留めたくらいであった。

それほど、今夜の彼女は光り輝いていた——彼女に何も興味がない、と言明したアル・ディーンや、最初からリンダに惚れ込んでいるアドリアンがもしその彼女のすがたを見たら、それぞれにいろいろと、おおいに思うところがあったに違いない。

それを迎えるかたちになったイシュトヴァーンのほうは、これは旅先のことであまり沢山衣類を持ち込んできたわけでもなかったし、もともとあんまり着飾ることになど興味のないほうであるから、リンダのもとに最初の挨拶に訪れたときと同じ、黒いシャツと錦の胴着、それに金のふちのついた紫の上着と黒びろうどのマントであったが、一応シャツは同じ黒であっても銀糸のししゅうのあるものに取り替えられ、さらに、まとめてあった髪の毛をほどいてよくとかして、ふわりと背中に流していたので、その分いっそう背が高く、すらりと見えた。分厚いゴーラふうの盛装をしていてさえ、そう見えたのである。

そのようにしていると、イシュトヴァーンはさすがに、リンダが女性として美しく、いかにも花の盛りであるのと同じくらい、青年としての美しさや雄々しさ、凜々しさ、などといったものをふんだんにあたりにまき散らしているように見えた。パロ宮廷の女性たちが、思いきり着飾ってこの宴に参列したについては、じっさいのところ、「ゴーラ王イシュトヴァーンがかなりの美青年で、しかも女好きである」ということが風評でとくにクリスタルの社交界には伝わっていたことと、それに加えてイシュトヴァーンがいかに「危険な男」であるかもまた取沙汰されていたので、その魅力も加わっていたのである。ひまと退屈をもてあます宮廷貴婦人連にとっては、「美しく、危険で野蛮な美青年の異国の王」などというものくらい、興味をかきたてられるものはなかったのであった。しかも、「かつては赤い街道の盗賊団の首領であった」というロマンティックな過去までも加わっているのである。

それゆえ、イシュトヴァーンが最初にこのクリスタルの間に入ってきたとき、迎えるべく居並んでいた貴婦人たちの口からもれたざわめきや歓呼の声は、リンダが入ってきたときの全体のざわめきと歓呼にさえおとらぬくらい大きかったが、リンダがあらわれると、この場の主役をひとまず彼女に奪われたかたちで、みな大人しくなった。

マール公が重々しげに、かなり長めの、両国の平和と繁栄を祈り、過去にあったさまざまなことどもは水に流していっそうの友好を深めるべきである、という演説をしてから、乾杯の音頭をとると、やっとほっとした人々がいっせいにそれに和した。同時に、クリスタル宮廷自慢の伶人たちがにぎやかに「パロのワルツ」を——久々に——奏で始め、本当にひさしぶりにパロに社交界が復活したのだな、とつくづくとパロのものたちに思わせるような、にぎにぎしい宴が開始されたのであった。

次々と用意された料理が運び込まれた——むろんそれも、かつてのパロ宮廷の栄燿栄華を考えたら、むしろ簡素、粗末とさえいっていいものであったかもしれないが、さきに云ったとおり、ケイロニアが、貧乏国に堕してしまったパロにずいぶんと援助してくれていたし、それにまた、イシュトヴァーンの持ち込んだ沢山の土産も、ただちに有難く利用されていたので、酒もふんだんであったし、料理も、一見したかぎりでは、かつての栄華を思い起こさせる程度には豪華であった。材料は実際にはまだ、ずいぶんと乏しかったし、また輸入ものもまだそれほど復活してはいなかったのだが、クリスタル・

パレスの誇る名料理人たちの腕のほうは、内戦やアモンの騒ぎの影響をそんなに受けるはずもなかったので、そのありったけの技術を動員して、乏しい材料で素晴しい御馳走に見せかける腕をふるっていたのである。それに、その程度の御馳走であっても、このところしばらく何も楽しみも華やかな行事も絶えて久しかったパロ宮廷の貴顕淑女たちにとっては、たいへんな出来事であった。

以前であったら、ほんのちょっとした舞踏会ででも、このくらいの珍味佳肴《かこう》が並べられ、ふんだんにあびるほどに酒が用意され、豪華で贅沢な社交の楽しみが貴族たち、貴婦人たちを待っていたはずである。だが、ヴァレリウス宰相の極端な倹約政策もあったし、またそうでなくともパロ全体が窮乏のきわみに達していたので、貴族たち、貴婦人たちはそのような楽しみをいっさい禁じられたにひとしい状態になっていたのであった。

それゆえ、運び込まれる御馳走を見るたびに、料理人が生き甲斐を感じるような、それこそイシュトヴァーンやリンダが入場したときにも匹敵するような歓呼と歓声がそれを迎えた。そうして、かつてだったら、御馳走に食べ飽いて、食欲もなくぼんやりとそれらを眺めるだけだったかれらは、先を争って――いささかはしたなかったが、このさい、空腹にはかえられなかったのだ――それらの、ひさびさの御馳走に殺到した。豚の丸焼き、牛のあぶり焼きも、さまざまな家禽の詰め物焼きも歓声とすごい食欲で迎えられた。

イシュトヴァーンは、その様子を見ながら、特に驚いたようすもなく、あまり食べ物にも手をのばさずにひたすら火酒ばかりくらっていた。かたわらにつききりの小姓がずっと火酒を、イシュトヴァーンの杯に注ぎ込んでやっていたが、それをまるでイシュトヴァーンは水のように飲むのだった。

「まあ、あなた、ずいぶんお酒を召し上がりますのね、イシュトヴァーン陛下！」

自分はほとんど酒というものをたしなまぬリンダが、驚いて叫ぶくらいだった。

「そんなにおあがりになって、悪酔いはしませんこと？　おからだに悪くはないの？　確かに今日は無礼講ですし、それに沢山の火酒をお土産に頂戴したので、いかに陛下が召し上がっても、あのお土産を全部飲み干すことは、バスでもないかぎり御無理だとは思いますけれど」

「俺が？」

少し驚いて、イシュトヴァーンは云った。

「よく飲むって？　とんでもない、今日は、ずいぶん控えてるんだぜ――あ、いや、控えてるんですよ、女王陛下。女王陛下のおん前だと思うからね。……普段だったらこんなもんじゃね――こんなものじゃないんだぜ……いや、こんなものじゃないんですよ。それに第一、今日は俺は、ちゃんと水で割ってるからね。いつもだったら、水で割った火酒を持って来たりしたら、小姓を怒鳴り飛ばしてるとこだ……ううう、怒鳴ってしまっているところかもしれませんよ」

「まあ」

イシュトヴァーンが馴れない丁寧でいんぎんな物言いをしようと目を白黒させているさまは、リンダにはひどくおかしかったと同時に、なかなか可愛らしくも思われたので、リンダは笑いながら云って、それ以上はもう、イシュトヴァーンの大酒を批判しようとはしなかった。それに、イシュトヴァーンはそれだけ飲んでいても、いっこうに乱れたり、酔いを発してくるところを見せなかった。むしろ、飲むほどに青白くなり、かえってしらふになってくるようにさえ見えたのだ。

イシュトヴァーンも、彼なりにこうして異国の宮廷に、少ない供回りだけで乗り込むについては非常に緊張していたし、また、彼はもとよりこういう公式の席がきわめて苦手であったので、いっそう緊張していたのだった。彼が水で割ったとはいえ、火酒をがぶがぶと浴びるように飲んでいたのはその人見知りと緊張のせいもあったので、少し酒の酔いがまわってきて、居心地があまり悪くなくなると、さしもの彼もそこまでは続けて飲まぬようになった。だが、相変わらず、あまり食べ物を口にするようすは見せなかった。

宴席はにぎにぎしく進んでゆき、両国と、それにケイロニアのおもだった顔ぶれが紹介されて、それぞれに立ち上がって列席者にかるく挨拶し、さいごにイシュトヴァーンが、ぶしつけな訪問であったのに、このように盛大に歓迎してもらって有難い、という意味のことばを、だいぶ人々をハラハラさせながらではあったが、なんとか多少はまともに聞こえる程度の敬語で述べ、それに対してリンダが、これは立て板に水で流暢にゴーラ王の突然の訪れを歓迎し、その持ち込んできてくれた沢山の福を深く感謝する意を述べて、一応そのあとは「当分のあいだ、お食事を召し上がりつつ、御自由にご歓談下さい」ということになった。こういう進行はかつては式典長が取り仕切っていたものだが、そのような役目もヴァレリウスが撤廃してしまったので——給料が勿体なかったのだ——ヴァレリウス当人がやらなくてはならなかった。

が、ヴァレリウスはその程度はなんとかやりおおせた。そうして、決して愉快ではなかったし、酒も食物も魔道師たるヴァレリウスには関係がないので、いっそう間がもたない思いはしていたものの、その場のようすをあれこれと観察しては、あれこれとひそかな感想を心の底の記録にしたためて、彼もまた、それなりの楽しい時間を過ごしていたのであった。

伶人たちはずっとさまざまな楽曲を奏で続けていた。「パロのワルツ」が何回も演奏された——それが流れてくるたびに、リンダのおもては曇ったが、それが疑いもなく、亡き夫との追憶に胸をしめつけられてのものであることは、パロ宮廷のものたちには誰にもわかっていた。ケイロニアの客人たちをもてなすために、「ケイロニア・ワルツ」

や「輝けるサイロン」「見よ七つの丘」など、ケイロニアを象徴するような曲も沢山演奏された。ゴーラを象徴する曲、ということになると、いかな伶人たちも、何をどう演奏してよいのか、なかなかわからないに違いなかった——まだ、ゴーラには、国歌というほどのものも決定していないし、音楽など、まったくかえりみられる状態ではなかったからである。むしろ旧ユラニア宮廷の伶人たちは、国外に脱出して、カルラアがもっと重んじられ、当然の尊敬と地位と収入とを保証されている国——クムだの、沿海州まででも引き移っていってしまったようなありさまであったのだ。

料理のほうはかつてのようにあとからあとから出されるということはなかったので、ひとしきり人々が御馳走をむさぼり食べると、そこで食事はお開きになった。酒のほうはまだ沢山あったし、酒のつまみになるちょっとした食べ物ならまだいくらもあった。そこで、人々は、巨大ないくつものテーブルの上から、さんざんに食い荒らされた豚《ゴロン》の丸焼きや、骨ばかりになった牛のあぶり焼きなどが運び出され、テーブルが片付けられてもあまり気にしなかった。そのあとにこんどは、銀盆にのせた軽いつまみや、デザートの甘いものがふんだんに運び込まれたからである。

酒も、強いばかりの火酒や、濃厚すぎるはちみつ酒にかわって、カラムの実を漬けこんだカラム酒だの、いろいろな果実酒、食後酒とされているいろいろなものが運び込まれた。こちらはそうがぶがぶ飲むものではなかったので、それほど量は多くなかったが、優美な瓶やかめに入れられており、小さなグラスでゆっくりと舐めながらデザートを楽しむためのものであった。当然、酒の飲めない女性たちや、もう酒は沢山だという貴族たちのためには、熱いのと冷たいの、甘いのと甘くしてないカラム水やお茶、それにほかの飲み物が用意された。

そのころには座はすっかり乱れており、こちらではケイロニアの騎士がパロの貴婦人たちにもてて囲まれているかと思えば、そちらではゴーラの副将とケイロニアの准将が腹のさぐり合いのような話をかわしている、というようなありさまであった。ヴァレリウスはそのようすをひとり眺めてほくそ笑みながら、充分に楽しんでいた。

イシュトヴァーンのほうは、正式のおのれの椅子から動く気配もなかった――むろん、この宴の主賓であるから、こちらから酌をしにいったりすることはありえなかったし、そもそも、そうやって宴席に列席した人々のあいだで酌をしあう、という風習は、パロにもゴーラにもなかったのだ。あるとすれば、騎士たちの無礼講のときだけであった。酒をつぐためにはちゃんと、専門の小姓たちが控えていたのだ。

「もう、火酒はいいや」

イシュトヴァーンは、カメロンがきいたら腰を抜かしそうな言葉を吐いた。

「俺にその、甘くない冷たいカラム水をくれよ。――なあ、リンダ、おっと、女王陛下、この宴会は、いつまでこうしてればいいんだい、俺は」

「まあ、あなたといえば」

リンダも、久々の華やかな席でかなり気持が昂揚していたので、笑いながら答えた。

「そんなに、こういう席がお嫌いなの？　だったら、かえって申し訳ないことをしてしまったわね」

「そんなことはねえけどさ。なあ、女王様、ちょっとだけでいいから、おもてに出て——庭園でも歩きながら、一緒に話をしねえか。二人だけでさ。——もう、なんだか、うわーんとにぎやかなのが続いてて、いつまでも音楽が続いてて、俺は頭が痛くなりそうだよ」

「あらまあ」

驚いてリンダは云った。だが、あたりを見回すと、みなそれぞれに楽しんでいて、いまはまだ宴会がひけるには程遠い時間であることがわかったので、ちょっと考えてから、うなづいた。

「あまり遠くまでいったら、よくないと思うけれど、仕方ないからちょっとおつきあいするわ。でも、ほんの二十タルザンほどよ」

「いいとも」

イシュトヴァーンは答えた。そして、長いマントの裾をひったくって立ち上がった。

2

「――本当は、こんなふうにして抜け出してきていいような立場ではないのよ、私たち」

外は、確かに静かで涼しかった。

クリスタルの間は水晶殿の奥にあって、その奥はヤヌスの塔、ルアーの塔、サリアの塔がそびえており、その奥はいまはほとんど使用されていない後宮の建物である。その意味では、そのあたりには、大きな庭園などはないのだが、クリスタル・パレスはいたるところに小さな庭園もしつらえられていて、ちょっとでも外に出ればすぐに、ゆたかな緑と花々と彫像とが迎えてくれる。

リンダは、まだ宴の続いているあいだに、求婚にきたことがどうやらしだいに人々のうわさにものぼっているゴーラ王と二人きりで宴席を抜け出してしばらくあけたりすることが気になっていたので、スニと小姓たちについてこさせ、いかにも賓客にクリスタル・パレスの名所について説明しにゆく、というような体裁をつくろっていたが、外に出て、もう客たちに声のとどかぬあたりまでくると、「ちょっと、このあたりで待っていてね」とスニと小姓たちに声をかけた。そうして二人きりになってしまうことに多少のうしろめたさもあったし不安もあったが、それよりも、(そうしたい)気分のほうがちょっと強かったのである。

(さっきみたいな、イシュトヴァーンがいよいよ求婚するのかしら、と一瞬思ったあのときだって、結局はちゃんと無事に切り抜けたんだし、私……)

イシュトヴァーンとても、声をあげればただちに小姓たちが駆けつけてくるような場所では、そんなふうに本当に無体なことは出来るわけがない。

それに、イシュトヴァーンはなんとなく、かなり大人しくなったようだ、とリンダは考えていた。

(相変わらずやんちゃなところはあるけれど……少し、大人になったのかしら。だとしたら、それはそれで……ちょっと寂しいかもしれないけれど……いいことだわ、当人のためには)

そんな、おとなびたような、子供のままのような考えを弄びながら、リンダは長いマントとオーバー・スカートをひきずって、ひらひらと石畳の続く裏庭に出た。

そこからは、真ん前にヤヌスの塔、左にルアーの塔、そして右にサリアの塔、と三つの、「七つの塔の都」と呼ばれるクリスタルの、沢山の尖塔を擁しているクリスタル・

パレスのなかでももっとも重要な塔と見なされている塔の群れが立っているのが一番きれいに見晴らせる。裏庭といっても、水晶殿の裏手にちょっとしたバルコニーがあって、そこはちょっと高くなっている。その下に、石畳の広場がひろがっており、塔はそのむかいに建っている。それらの塔は、リンダにとってはさまざまな思い出がからみついているところでもあり、さまざまなことを否応なしに思い出させるものでもあったが、同時に、彼女が生まれてこのかた、ずっと朝に晩に見てきた、とても親しみのある景色でもあった。

「あれが、サリアの塔よ、イシュトヴァーン」

リンダは、なんとなく、観光案内をする気持になって、イシュトヴァーンに説明した。

「貴族や王族の結婚式はあそこで行われるの。それ以外の公式行事にはあまり使われることはないわ。いまはほとんど扉をしめてしまって、無人になっている。もちろん掃除はしているけれどね。——そしてこのまんなかのがヤヌスの塔、とても大きいでしょう。塔というよりも、上にとてもたけの高い塔をそなえた宮殿のひとつ、といっていいくらいだわ。これはクリスタル・パレスの塔のなかでもヤーンの塔と並んでもっとも重要なものよ。そして左にみえるのがルアーの塔、ここからは、太陽神ルアーが毎朝のぼってくるのが、真正面に見えるので、戦いに出かけるときには、それを率いる総指揮官は必ず前の晩からこの塔にこもって精進潔斎し、ルアーに戦勝と兵士たちの無事を祈願してから出かけることになっているの。——あちらに見えるのが……」

「塔なんざ、どうでもいいよ、リンダ」

鋭く、イシュトヴァーンがさえぎったので、リンダはびくっとした。

「ま……」

「やっと、二人きりになれたんじゃねえか。お前は、昼間、二人で話してたときにも、そういう話になりかけると、うまいことそらそうとしてたけどさ。もう、ごまかさせねえから、そう思えよ」

「何をいってるのよ、イシュトヴァーン陛下」

リンダは笑おうとした。

「ごまかすだなんて。うまいことそらすなんて、そんなこと、私、していなくてよ」

「してたんだよ」

イシュトヴァーンはぶっすりと云う。あれほど飲んだのに、まったく酔いを発しているようには見えないかわりに、顔色がかえって青ざめて、目も鋭く光っている。あたりには、いくつもの灯籠に灯が入っていて、決して暗くはなかったのだが、それほど明るくもない。そのなかばの暗がりのなかで、イシュトヴァーンの瞳が鋭く白く光っているのがまざまざと浮かび上がって、リンダはちょっと息を呑んだ。

「俺は云っただろ。俺は王になったんだ——俺は、いまや、王様なんだぜ、ってさ。お前は返事をしなかったけど――俺がどういう意味で、そう云ったのかは、よくわかってたはずだぜ」

「それは……まあ……」

リンダはまだ、それでも、おのれの優位を信じていた。

「でももう、あれはすんだことで……」

「あれって何のことをいってんだよ。あの――俺とお前が、蜃気楼の草原でかわした約束のことか？」

「そ――そうよ」

「じゃあ、覚えてはいたんだな。リンダ――リンダ姫さま。いや、リンダ女王陛下」

「覚えてはいてよ。それは、女の子にとってはこんな重大なこと、忘れるはずがないじゃないの。でも、ねえ、イシュトヴァーン、ここでこんなふうにしてかりそめに話をするようなことじゃないわ。いずれまたあらためて、席をもうけるから、もう宴のほうに戻りましょうよ。まだ大勢のお客様が、私たちがどうしていなくなってしまったのかと待ってるわ。きっといろいろうわさもするだろうし、それに……」

「そんなの、知ったことかよ」

イシュトヴァーンは荒々しく云った。

リンダはふいに目をしばだたいた。そのイシュトヴァーンの言い方に、突然、八年前のあの草原での――またレントの海や、アグラーヤから草原にゆくまでの、ずっと一緒にいたときのやんちゃで若く、野望に燃えた〈紅の傭兵〉がよみがえってくるような錯覚にとらえられて、くらくらとしたのだ。

「イシュトヴァーン……」

「三年、待てるか、って俺が聞いたのは覚えてるか。覚えてるよな。いくらなんでもあんな大事なこと。三年たったら、俺は必ず王になる――そうして、お前を迎えにくるから、待ってろ、って俺は……云ったよな。だけど、お前は、待っててはくれなかった」

「それは、違うわ、イシュトヴァーン」

驚いたようにリンダは叫んだ。

「私は、待つつもりだったわ。――でも、あなたのほうが――アムネリスとどうこうという話が伝わってきたのは、あなたのほうが先だったじゃないの。そうじゃなかったかしら――あまりに細かい時間のことは、そこまで覚えてはいないのだけど……でも、とにかく、私、ああ、もうあなたは、私のことなんか覚えていないんだわ、私がどうしても、気にすることはないのね、と思ったことがあったのを覚えているわ。――だから、私は」

「だから、ナリスさまと――幼いころから婚約してたとおりに結婚したんだ、っていうのかよ」

イシュトヴァーンは鋭く切り込んだ。リンダは深く息を吸いこんだ。
「そんな……ことを云ってるのじゃ……」
「お前はそういうことを云ってるんだろう。――だが、そんなことはもうどうだってい
い。お前の結婚生活は、たった二年かそこいらしか続かなかったんだ。でもって、俺の
結婚生活もな。いまの俺とお前は、どちらも自由だ――そうじゃねえのか？　どっちも、
結婚した相手に死に別れ、いまはまたひとり身なんだ。前よりもっと自由だよ――もう、
俺もお前も、一度は結婚して、そうして相手がいなくなっちまったんだから。もうこの
あとは、誰と結婚しようと自由だろう、そうじゃねえか」
「ちょっと待って、イシュトヴァーン」
リンダは哀願した。
「お願いよ。いまは、そんな話――ここでしていられる状態じゃあないのよ。クリスタ
ルの間ではお客さまたちが私たちの帰りを待っているわ。いろいろ取沙汰していること
だと思うわ。それに第一、すぐ近所に、ちょっと大きな声をあげて呼べばすぐ来るよう
な場所に、スニや小姓たちが……」
「そんなもん、どうだっていい」
いきなり、イシュトヴァーンは、手をのばし、リンダの腕をつかんで引き寄せようと
した。

だが、リンダは、予期していた。思いがけぬほど素早く、彼女はひらりと身をひるがえして、イシュトヴァーンの強引な抱擁から逃れた。

「そんなことをなさるのでしたら、私、あなたと二人でここにこうしているわけには参りませんわ。私はパロの女王なのですから」

リンダは、とっておきの威厳をありったけこめた口調で決めつけた。さしものイシュトヴァーンが、ちょっとひるんで足をとめるくらいに、手厳しい口調だった。

「あのころのことは、忘れたわけではないし、とてもすてきな大事な思い出だと思っておりますす。でも、いまは私とあなたの立場はまったくあのころとは違うものになっておりますし、そのことをお忘れになるようなら、私は、あなたをこうしてクリスタル・パレスにお迎えしたのは私のおおいなる間違いだったと云うほかはありませんわ。そうして、申し訳ございませんが、いますぐクリスタルから、パロからご退去なさって、御自分の国にお戻り下さい、と申し上げるほかはありません。――女王に、他国の王が求婚する、ということは、そんなふうに、実力行使だの、過去の思い出に頼るだの、そんなことでやることじゃあないのよ。イシュトヴァーン」

「………」

イシュトヴァーンは、いささかやりこめられた格好になった。

これほどに、リンダがきっぱりとものをいうとは、正直イシュトヴァーンも予想して

いなかったのに違いない。イシュトヴァーンは、いくぶんひるんだ様子で、そこに立ち止まったまま、考えこむような顔になり、そのまま続けてリンダに手をのばしてこようとはしなかった。確かに、その意味では、八年の月日も流れていたし、また二人も、どちらもかつての十四歳と二十一歳のうら若い二人ではなかったのだった。

「わかったよ、畜生」

ややあって、イシュトヴァーンは不服そうにだが、降参の意を表明した。

「俺が悪かったよ。ちょっと急ぎすぎたようだ。だが、あやまるから、いまのことは忘れてくれ。俺は、そもそも、ちゃんとしんしてき――しんしてきに、お前――あなたに求婚するつもりで、こうしてクリスタルくんだりまでやってきたんだからな。そのことを、そんなに怒らないでほしいな」

「怒ってなんかいなくてよ、私は、イシュトヴァーン」

案外に簡単に相手があやまったので、リンダはかなり気をよくした。おのれの威厳が通じた、ということに自信も持ったし、また、そのことで、イシュトヴァーンが本当にちゃんと礼儀作法を守って、しかるべき手続きをふんで、国際社会の礼儀も常識もイシュトヴァーンとして出来る限り守った上で自分に求婚したいという考えを持っているのだ、ということをも、確認した、と考えたのだ。

(まあ――案外ね！)

ひそかに、リンダは考えていた。

(それでは、ほんとに、男の人というのも、大人になることはあるものなのね、イシュトヴァーンみたいな、腕白というか、やんちゃな子供みたいな人でも！——それはでもそうだわね。たとえ年はまだ若いといったところで、イシュトヴァーンは、れっきとしたゴーラの国王なのだし……そのことを、いまは、しだいに中原列強も認めはじめている、とてもゴーラとして大事な時期にさしかかっているはずだわ。それは、王としての責任感や、常識や、そういうものを、いつかは持たなくてすむわけもない。王であろうとするからには)

「ただ、私は……これはもう、個人的なことではなくなってしまったのよ、とあなたに注意を喚起したいだけだわ。——私とあなたはもう、あの蜃気楼の草原のうら若い少女と少年じゃあないんですもの。あなたは確かに、王になったわ——五年？　六年はかからなかったのね——それだけでも、本当に驚くべきことだわ。王になる、と宣言して、本当に、まったく手づるもなく、もともと王家の出でもないところからはじめて本当にどこか大きな国の王になれる人なんて、あなたのほかにいったい誰がいるでしょう。決していはしないわ——それだけでも、あなたは、素晴しい偉業をなしとげたんだわ。イシュトヴァーン」

「そいつはどうも」

イシュトヴァーンはふざけたように答えた。

だが、リンダの言葉がまんざら心地よくなかったわけではないことは、その、きらきら光る目が証明していた。

「本当に、あなた以外の人間には決して出来ないことよ。それだけは、私、何回でも断言出来るわ。——私は、思いもかけぬなりゆきで——夫がパロの聖王となったばかりに、とうとう、この若さで一国に君臨するようなことになってしまったけれど、そのために私は何ひとつしていないわ。私がしたのは、ただ、夫のあとを継いだだけのことよ。でもあなたは」

「俺だって、何もそんな、偉業なんて云われるようなことはしちゃいねえよ——いぎょう、って、すげえこと、って意味だろ」

イシュトヴァーンは肩をすくめた。そして、一瞬耳をすませるようすをした。クリスタルの間で奏でられている伶人たちの音楽が、かすかにここまで伝わってくる。

「俺だって、アムネリスをたぶらかして、結婚にこぎつけて——それでモンゴールを取り返してやっただけのことだぜ。そのあとはまあ……いろいろあったし、みんながいろんなとこで、いろんなことをガタガタ云ってることは知ってるけどな。でも、俺にしてみりゃ、結局何もかも、こうなるように動いたからこうなっただけで——俺は特に何も非道なことなんかしちゃいねえぜ。特にあの、紅玉宮の一件についちゃ、まるでみんな、俺がユラニア大公家の連中とクムの公子たちを皆殺しにしたようなことをほざいてるのは知ってるがな、ありゃあ、タルーとネリイがたくんだことなんだ。俺じゃねえ。信じてくれねえかもしれねえけどな。俺はただ、巻き込まれただけだ。俺はむしろ逆に、タリクをこっそり逃がしてやったんだぜ。だから、あいつは、いまだに俺には恩義を感じてるはずなんだ。というか、感じなかったらおかしいよ。あの大殺戮のなかで、タリクだけが助かったんだからな。俺が助けてこっそりかくまい、逃がしてやったんだから」

「まあ——そうだったのね？」

リンダは、紅玉宮の惨劇については、あまり詳しい知識もなく、正直、ユラニア大公家のなりゆきについてはたいした関心もなかったので、いささかおざなりに答えた。

「それじゃ、タリク大公はあなたには頭が上がらないはずね。ねえ、イシュトヴァーン、タリク大公も、出来れば私を妻に迎えたい、という申し入れをしてきているのよ。というか、その最初の打診の段階にすぎないけれど、そういう話をもった使者がやってきてはいるのよ」

「知ってるよ」

イシュトヴァーンはいささか仏頂づらで答えた。

「だから、俺も、急がなくちゃならねえかなと思ったんじゃねえか。お前はまだ当分、未亡人として喪に服しているんだと思ってたからさ、安心してたんだ。そしたら、タリクがなんだかんだ、云ってきてるというし——パロの国内でも、いるんだろ？　お前に求婚するやつはさ。お前ほどの美人なら、そりゃ、なんぼでも、嫁に欲しがるやつはいるだろうよ。お前がパロの女王だなんてこたあ関係なくな。俺がアムネリスを口説いたのは、とても正直にいうが、これが王になる最大の近道だと思ったからだったが、お前だったら、結婚すれば王になれるどころか、お前が一文なしの上借金までかかえてたとしたって、お前を欲しい、という男は星の数ほどいるだろうよ。ますます、お前、綺麗になったぜ、リンダっ娘《こ》——いやもう、そんな呼びかたはとうてい似合わないくらい、大人になったよなあ。ほんと、いい女になったぜ、お前」

「ま……」

　これほど手放しの賛辞を聞いたことは、このしばらくなかったので、リンダの白い頬はぱっと赤らんだ。そして、思わず彼女は両手を頬にあてた。

「そんなことを云っちゃ……恥ずかしいじゃないの」

「俺は、本当のことを云ってるだけだぜ」

　さすがに《チチアの王子》の本領を発揮して、イシュトヴァーンはずるそうに云った。

「俺は嘘なんかつかねえよ。ましてこういう色恋沙汰のことじゃあな。お前がさっき、あの宴会の部屋に入ってきたとき、俺はなんだか目がくらむような気がしたぜ——あんまり、お前が豪華で、きれいで、おまけになんていうんだろう、すごく魅力的で色っぽかったからさ。いったい、これは誰だろう――俺が好きだった、俺の初恋のあの蜃気楼の草原のむすめはどこにいっちまったんだろう、ここにいるのは、れっきとした、中原一の美人のほまれも高いパロの女王陛下じゃねえか、って、そう思ったね」

「ま――」

「俺だって、変わっただろう？　まあ、それだけの年月が流れたんだから、そりゃ、変わりもするわな。八年か――あのときから、八年。そんとき生まれたガキが、もう一丁前にそのへんをかけまわったり、なんか理屈をこねたりしかねねえ年だもんな。俺はもう六つのときにゃ、戦場稼ぎであぶねえ橋を渡ってたもんだしな」

「……………」

「お前はすごくきれいになって、色っぽくなって、いい女になったけどな。俺は――俺のほうは……」

イシュトヴァーンはちょっと肩をすくめた。

「なあ、俺、顔にだいぶん、傷、作っちまったろ？　ひとつは、あのスカールの野郎にやられたんだよ。もうひとつでっけえ傷が、真新しいのが腹にあるんだけどさ。そいつはグインのやつに刺されたんだ。あやうく死ぬとこだったんだぜ。――そりゃ、ひでえもんだった。はらわたが出ちまって、血もじゃんじゃん出て、みんなもう俺は死んだと思ったんだ。俺の側近だの、腹心だのはな、みんな」

多少ほらまじりにイシュトヴァーンは思いきり吹いた。

「みんな俺に取りすがって泣いたってさ。俺自身は知らねえよ、もちろん。刺されて、でもって出血でもうろうとしてたからな。だが、うっすら覚えてるのは、俺は死ぬもんか、俺はこんなことで、こんなとこで死ぬもんか――って思ってたことさ。そのまんま、運び出されて、まあ、手当がよかったっては云えねえな、とてつもねえ、田舎どころか辺境のまんなかで、ろくな軍医もいねえところで、傷を荒っぽく縫い合わされたりしたんだからな。――けど、まあ、若いし、鍛えてるからな。それで生き延びたんだと思うけどなあ。なんとか、生きてたよ――けど、このしばらくは、さしもの俺も、まったく動きがとれなかったよ。モンゴールから、イシュタールに帰ってくるのが、ええ大変でな。まだ傷の治らねえうちに馬車を仕立ててとにかくイシュタールに戻らなくちゃってことで戻ったんだが、途中でその俺を、傷ついてるのをいいことに暗殺してやろう、っていう奴らがぎょうさんいてさ。ほんとに危機一髪のことが何回あったかわからねえんだが、まあなんとか切り抜けて――でもって、イシュタールでしばらく静養しなくちゃならなかった。じりじりしたぜ、じっさい。俺はほんとに、ああしてじっと静養なんかしてるにゃ、向いてねえんだ。ああ、本当に」

「大変だったのね……」

リンダは小さく身震いした。

「ほんとに、無茶な人なのねえ、相変わらず。——王さまになってまで、そんな、殺されかけるようなことをするなんて。グインは——グインはそれについてはほとんど何も云ってなかったわ。私は、そのことは知らなかった——」

「そりゃ、云わねえだろうさ。奴はなんだかかなり様子がおかしかったし——そもそも、その立ち会った場所ってのは、モンゴールの反乱をひきおこしたやつらが逃げ込んだ、ケス河のほとりからルードの森にかけてだったからな。なんで、あそこに突然、ひとりだけでグインがあらわれたのか、それについちゃ、俺は相当やつに聞いてみたいことがあるぜ。モンゴールの反乱をかげからあやつってたのは、ケイロニアの豹頭王じゃなかったのか——ってな」

「まあっ——そんな、陰謀みたいなまね、グインがするなんて、ありえないわ」

「いーや、奴はなかなか、ああ見えてくせものだぜ。くわせもの、っていうかな」

イシュトヴァーンはここぞと強調した。

「お前んとこ、パロは、ケイロニアがうしろだてになって安心してるみたいだけど、それで気が付いたらパロがすっかりケイロニアに乗っ取られてるかもしれねえんだぞ。そういうことも考えてみたか？　大体でけえ国なんてものが、そういう下心というか、おもわくなしに金を貸して援助してくれたり、たくさんの兵隊を駐屯させたりなんか、するわけがねえだろ？　ケイロニアにはケイロニアの考えがあるんだよ——お前やヴァレ公はひとがいいから、おらあほんとに心配だよ。ころりと手もなくグインのやつにだまされるんじゃねえか、ってな。それが心配で、それにタリクのことが心配で、俺はとにかく、お前の承諾を得なくてもいますぐ、お前を守りにパロに来なくちゃ、って思ったんだ」

3

「イシュトヴァーン――」

いくぶん、リンダの声は、こころもとなげになっていた。

「それ、本当なの……？」

「それって、俺がお前を心配して、お前を守りたくてパロにかけつけた、ってことか？　本当だよ」

「そうじゃないわ。グインが――ただひとりでルードの森にあらわれて、あなたの――そのう、反乱軍ともしかしたら手を組んでたかもしれない、っていうことよ……」

「これっぽっちの掛け値もねえ、真実だよ。ルアーの永遠の輝きにかけて」

イシュトヴァーンはここぞと断言した。

「第一やつは、反乱軍の首領を連れて逃げやがったんだ。――そうして、追いかけてった俺の軍勢を引き回したあげくに、俺と一騎打ちするはめになってさ。その傷、見てみたいか？　ひでえ傷だぜ。――ツラの傷もひでえことになってるだろう。もう、俺も前みてえな美少年だの、美青年だの、なんて云っちゃもらえねえな。どうだ、怖いツラになっちまったか？　ゆがんでるだろ、ちょっと、顔？　変だろ？　見苦しいか？」

「とんでもない……」

リンダは、いきなり奔流のようにあびせかけられた新しい——リンダにとっては——情報を、どう扱ったものかと思い悩みながら口ごもった。どうせ、ヴァレリウスは二人を二人だけにしておくようなことはせず、必ずどこかに魔道師を忍ばせて、様子をうかがっているに決まっていたから、この話はすでにヴァレリウスの耳にも入っているだろう。そうでなくとも、明日の朝までには当然、ヴァレリウスもその情報を知るはずだ。あるいはもしかして、すでに知っていたかもしれない——とリンダはふと思いあたった。

（あの人とヨナが、ずっとグインの面倒を見ていたんだもの。——そういう話はもう、とっくに聞いていたかもしれないわ。私にはひとことも云ってはくれなかったけれど。でもそれもしょうがないと私は思っていたけれど。だって私は——何も出来ない、無能な女王なんだもの……）

その考えは愉快ではなかった。それよりも、楽しい——あるいは刺激的な、誘惑的な考えを追い求めたくて、リンダは思わず、そっと手をのばして、イシュトヴァーンの、傷が走っている頬に細い指さきをふれた。

「あなたは、ちっとも、怖い顔になんか——変な顔にもなっていないことよ。それは、確かに傷はあって――それはとても可哀想だと思うけれど、なんといったらいいのかしら――あなたのもとの顔立ちはちっともそこなわれてなんかいないわ。もちろん、八年分年もとっているし、その分苦労もしたのでしょうね、前とはずいぶん違うと思うけれど……でも、かえって、そのほうが――あなたは私のこと、きれいになったと褒めてくださったけれど、あなただって、とても――とても、そう、魅力的になったことよ、ヴァラキアのイシュトヴァーン。……そうして、それは、かつてのような、ならず者の――不良少年の魅力じゃあなくて、やっぱり、一人前の男の、成熟した男性の魅力なんだと思うわ。あなたは、まだ、充分に綺麗だと思うわ、私」

「綺麗？」

イシュトヴァーンは微妙な顔をした。

「俺のつらが？　いまのこの俺の傷だらけのつらがだぜ？」

イシュトヴァーンは、正直いうと、かなりその顔の傷が気になって、苦にしていたのだった。

もともと、美少年の容姿を売り物に、十代のころにはそれで商売をしていたのだし、その後も、その容姿端麗のおかげでずいぶんといろいろ得もすれば、ひどい目にあうこともあり、おのれの容貌がほかの男たちとは比べ物にならぬほど抜きん出ていることはよくわきまえている。それによってアムネリスも自分に注目し、自分と結婚することになったのだと思っているし、ナリスのような、完璧といっていい古典的な美貌とは比べるべくもなくとも、それなりに女性に対しても男性に対しても威力を発揮する、武器になる容姿をしている、と思ってきたのだ。かつての軍師アリの異様な執着もしょせんはおのれの容姿に対してのものだと思うから、どうしても本気で信頼する気になれなかったのである。

その、頼みとする《顔》が、まさに肝心要の、意中の女性をふたたび恋に落ちさせよう、というときになって、これだけ傷ついたり、ゆがんだりしてしまったのだ。もう、それだけでも、リンダの気持を惹きつけられないのではないか、とイシュトヴァーンはひそかに心配していたのだった。

だが、リンダはもう一度まじまじとイシュトヴァーンを見直して、首を振った。

「あなたは、とても魅力的よ、イシュトヴァーン。——それは、もちろん、昔のような意味で、傷のなかったころのように綺麗だというのではないかもしれないけれど、でも、その傷も私には、とても神秘的でロマンティックに思えるわ。なんだか、レントの海の海賊みたい——素敵だし、なんだかとても男らしくなったと思うけれど。どうしてあなたが、その傷のことをそんなに気にするのか、私にはわからないわ」

「ほんとか？」

イシュトヴァーンは有頂天になったような声を出した——あるいは、そのふりをしたのかもしれない。

「ほんとに、お前、そう思ってくれるか？　いまのこの、傷だらけのつらになっちまった俺でも、魅力的だってか？」

「そう思う……わ……ああ、でも……それと、そのう――あなたがここまできた、そのかんじんのお話とは……まったく別問題よ」

リンダは、多少言い過ぎたかと思ったので、だんだん頼りなげに声が小さく口のなかで消えてしまった。

「それは……また、まったく別の話だと……」

「別なんかじゃねえさ」

だが、イシュトヴァーンは、すでに（脈あり）と見てとっていた。

その黒い目がきらきらといっそう輝きはじめ、そして、なんとなく、態度全体に、自信を持った色男のオーラめいたものが立ちのぼりはじめていた。もう、あえてリンダに強引に肉体的に接近しようとはしなかったが、そのいたずらっぽい目は、悩ましい光を湛えて、リンダをじっと見つめていたので、リンダは困惑して目をふせてしまうくらいだった。

「お前が本当にそう思ってくれるんだったら、俺は、すごく――すごく嬉しい。ほんとに、嬉しいよ、リンダっ娘《こ》」

イシュトヴァーンの声が、ささやくように低くなった。

遠くで、伶人たちの奏でる音楽が夢のように、風にのって聞こえてきた。もう、室内では、舞踏会がはじまっているに違いなかった。

「ああ、でも……お願いよ、お願い、イシュトヴァーン、誤解しないで。私のいうことをきいて」

「誤解なんか、してやしねえさ」

イシュトヴァーンはにやりと、片頬をゆがめて、自分でもとびきりセクシーだと思ういかにも悪そうな微笑を浮かべてみせた。本当は、一気にリンダを引き寄せてキスしてやりたかったのだが、さっきの反応を考えると、それはまだ時期尚早かと懸命におのれをひきとめていたのだ。

「お前は覚えているか。——あの蜃気楼の草原を——あのとき、俺が、どんなにお前を好きで——お前が、どんなに、俺のことを好いてくれていたのか……」

「イシュ——イシュトヴァーン。覚えてはいるわ。でもそれは……遠い——遠い昔のことよ……」

「まだ、たった八年しかたっちゃいねえ」

イシュトヴァーンはきっぱりと云った。

「だけど、そのあいだにお前も俺もこんなに変わっちまった。——お前はナリスさまと結婚して、それからナリス王の未亡人になり、パロの女王にまでなっちまったし、俺は――俺は、アムネリスと結婚して、アムネリスが死んで、でもってゴーラ王になって――いまの俺は、王なんだ。本当に、冗談でなく、王様なんだよ。あのとき、俺は云ったよな。三年待ってるか――三年のあいだに、俺はきっと王になって、お前を迎えにきてやる、って。――お前は、信じてたか。あのときの俺の――蜃気楼の王国を眺めながら誓ったことばを」

「それは――そ、それは……」

「信じちゃいねえよな。そりゃ、当然だから、ちっとも俺は怒っちゃいねえよ。だいたい、あんな――たかだか二十歳やそこらのただの傭兵が、たった三年でどこかでけえ国の王様になれるなんて、誰が云おうと、たとえ一番すげえ予言者の占い師が云おうと、誰だって笑い飛ばすに違いねえ。俺だって――俺当人だって、きっと信じてやしなかったさ。ただ俺は――ただ俺は、ほんとにお前が好きだったんだ」

「イ――イシュトヴァーン……」

「俺はすごくちっさいときから、からだを張って生きてきたから――」

イシュトヴァーンの声がまたとないほど低く、そして甘くなった。

「だから、沢山の男も女も知ってたさ、あのときにはもう、な。だけど――恋をしたのは――心が動いて、ほんとに好きだと思ったのは、あのときのお前がはじめてだったよ。

——十四歳のお前、ほんとにみずみずしくて、開いたばかりの花みたいにきれいで——可愛かったなァ。あのお前が、俺の初恋だった。それは神かけて本当だよ。俺の初恋はお前、リンダだったんだ。そうして、お前も俺を愛してくれた——な、そうだな？」

「それは——それは……」

「もう、あんときの俺とお前には、戻れねえのか？」

イシュトヴァーンの声はいっそう甘たるくなった。

「俺は——さっきの、あの部屋に入ってきた、きれいでかわいいお前の姿を見たとたんに……あのときの俺に戻ってしまってるんだぜ。いや、それよりももっと——あのときには、お前は健気で可愛くて、清純だった。そのお前が俺はとても好きだったんだ。だが、いまのお前は——もっと、おとなになって、色っぽくなりやがって——俺がずっと、探し求めていた、理想の女だ。つまんねえお世辞を云ってるわけじゃねえぜ。いまさらお前にお世辞なんか云おうとは俺は思わねえ。ただ、感じたままを云ってるだけだ。俺は——そうだ、俺は、お前とよりを戻しにきたんじゃねえんだ。いや、最初はそのつもりだったよ——だが、いまとなっちゃ、俺は、なんだか、まったく新しい恋に落ちてしまったような気がしてる。可愛い十四歳の女の子だった初恋のリンダっ娘《こ》を捜しにやってきて、俺はそのかわりに、すっかりおとなびて、見違えるほどきれいになって、色っぽくなって、なまめかしくなった若い大人の女を見つけた——っていう、そういう気がしてるんだ。でもって、それが――俺がずっと探してた、本当の理想の女だったんじゃねえか……と、いまの俺には、そんなふうに思えてしょうがねえんだ」

「まあ――まあ、イシュトヴァーン……」

リンダは狼狽して口走った。なんといっていいかよくわからなかった――が、むろん、そのように云われて、褒め称えられて言い寄られるのが、気分が悪かろうはずはなかった。

リンダとてもまだまだうら若いひとりの女性にすぎない。それまでにずいぶんと波乱も経験してきたし、実の――しかも双子の弟と、自分の最愛の夫との激烈な戦い、弟の敗北と幽閉――そして夫の死、といった多くの試練をくぐりぬけてきたから、自分ではずいぶん大人になった気持もしていたが、中身はまだまだ二十二歳のうら若い乙女に過ぎないのだ。本当は、もっと宮廷の若い貴族、貴公子たちにちやほやされ、華やかにドレスをとりかえて、その美貌を褒め称えられ、崇拝者の群れに囲まれて、舞踏会で毎晩毎晩楽しい恋愛遊戯に興じていてもおかしくない年齢である。

だが、自分は、あまりにも早く結婚してしまったし、そしてさらに早く未亡人になってしまったのだ――そう、リンダは思った。

イシュトヴァーンのことばは、長年ひとりで病身の夫を看病し、それから夫を亡くしたあとは若い身空でパロの女王という重責を担って懸命に努力してきた彼女の耳にとろりと心地よい蜂蜜のように甘かった。その甘さに、あやうく溺れそうになりながら、彼女はそれでもかろうじて笑い出した。

「そんな、理想の女だなんて。私、とうていそんな柄じゃあないわ。それは、そんなふうに褒めてもらえるのは、とても嬉しいことだけれど、かえって、そんなふうに云われたら私、困ってしまうわ。私はそんなたいそうなものじゃないし――この何年かはあまりに苦労したから、すっかり年老いてしまったわ。それに、私はいつだって、地味で目立たなくて、華やかなパロ宮廷ではいつもひっそりと黙っている存在だったのよ……」

「なーにを、バカを云ってやがるんだ!」

このリンダの発言はイシュトヴァーンには冗談としか思われなかったので、イシュトヴァーンはゲラゲラ派手に笑い出した。

「お前が、地味で目立たなくて、華やかなパロ宮廷でひっそりと黙ってるだって? そりゃ、まあ、旦那を亡くした直後にゃ、あんまり舞踏会で派手に踊ったりは出来なかったかもしれないが、しかし――」

「あら失礼ね」

むっとして、リンダは云った。多少、そのおかげで、イシュトヴァーンの甘たるいことばの蜜も割り引かれていた。

「私、本当に、宮廷に――あなたと別れて草原から戻ってきたときから、暗くて陰気なむすめになってしまった、とみなに云われたものよ。確かに昔はそれはおてんばだったけれど……あのときには、あなたと別れてきたのがとても辛かったんだわ。もうあなたはいないし――グインもいないし。だから、宮廷に戻って、クリスタルの宮廷がまた華やかに社交を復活してからも、しばらくは、私、全然それに乗る気になれなかったの。……でも、その私をしだいにナリスが引っ張り出してくれて……そうして、とうとう、ナリスと……結婚出来るということになって。私、はっきりと云いますけれど……そのほうがあなたにもかえって親切だと思うから、このさいはっきりと云ってしまうけれど、そうよ、私、ナリスと結婚して、とても――それはそれは幸せだったわ。ナリスほど優しい、完璧な旦那様をもった新妻なんて、決していなかったと思うし――その後、ナリスがいろいろと大変になったり、辛い立場になったのちも、ナリスはいつだって私のことを思いやってくれて、それはそれは忍耐強く、あんな辛い苦しい状態で、しかもそれを一生続けなくてはいけないんだと宣告された人とは思えないほどに勇敢で、力強くて、いつも朗らかで親切で……私、そのナリスが亡くなってから、本当にもう自分の女性としての人生は終わったと感じたのよ。たとえどれほど私を好いてくれる人が出てきたとしても、たとえどんなに私がもし、好きになる人がいたとしても、決してナリスみたいな素晴しい人はいるわけがない。だからこそ、私は……」

「おい、まあ、ちょっと待てよ――」

「だから、私は、ナリスの喪に服して、もう一生黒以外の色は着ない——そのう、濃紺だの、濃いグレイだのはちょっと別だけれど、まあそれは黒に準じるとして——と自分に誓ったのだわ。私はもう一生、心をナリスの墓どころに一緒にうずめて、私自身の青春も愛情も一生の情熱もすべて、ナリスとともに埋葬してしまったの。だからもう私は二度と結婚しない、とずっと思ってきたし、それをパロ国民にも公言したわ。何回もよ。だからもう、それをめったなことでくつがえすことは出来ないわ……」

「だって、タリクのやつが求婚してんだろ？　それに、なんか名前は忘れちまったが、若いパロの貴公子かなんかにも求婚されてるっていうじゃねえか」

「どこから聞いたの、そんなこと？」

思わず、リンダは問い返した。

「それはアドリアンのこと？　次のカラヴィア公になるはずのアドリアン聖騎士侯のことかしら？　だったら、確かに私に神聖な熱情を寄せてくださってはいるけれど、私、一回として、それに希望をもたせるようなおこたえをしたことも、ふるまったこともなくってよ。私はナリスの妻で——ナリスがもういなくなってしまったいまだって、ナリスの妻で、そうして、これからさきもずっとナリスの妻なのですもの。——そうよ……」

自分で、イシュトヴァーンの甘いことばに傾きかけ、ぐらつきかけた気持を建て直そうと一生懸命喋っているうちに、リンダは、しだいに今度は自分自身の口にしていることばに影響されてきた。それだけではなかった。

「それだけじゃないわ」

リンダはいくぶん、きつい口調になって云った。

「そうでなかったとしても、私はあなたを受け入れるわけになんかゆかないのだわ。いわば、あなたのおかげでナリスはいのちを落とすことになったのですもの。あのとき、マルガから、あなたが、寝たきりの、それもとても衰弱しているあのひとを強引に連れ出して連れまわしたりさえしなかったら、たとえ寝たきりの状態でも、あのひとはもうちょっとは長生き出来たに違いないわ。まわりが、あれほどよってたかって面倒を見ていたんですもの。——だけど、あなたはそのかれを連れ出して……そうして、健康な男でもきびしいような戦場を引き回したりしたのよ。そのおかげで、あのひとは亡くなったわ。——いうなれば、あなたは、私にとっては夫のかたきなんだわ。どうして、パロの女王ともある私が、夫の仇敵である、夫の死をもたらす原因となった——直接に手を下したわけではないにせよだわ——あいてに、この手をあずけることが出来ると思って？　いくら私でも、それほど節操がなくはないわ。まして、ナリスが亡くなってから、まだそんなに長い時間がたったわけじゃない。まだまだまったく、本葬の喪はあけてさえいないんですもの。そんな時期に、もう再婚だの、求婚だの——きれいになったと云って下さるのはとても嬉しいけれど、私がまとっているのは、これは、だてに黒いドレスを着ているのではないのよ。これは、永久に夫の喪に服します、という決意のあらわれの黒衣なのよ。だから、当然、私はあなたであれタリク大公であれ、アドリアンであれ、求婚に耳をかたむけるようなことは出来ないわ。どんなに早くとも、まだあと三年は出来ないわ——でも、私、もっとずっと長いあいだ、きっとそういう気持だろうという気がしているの。だって、ナリスほどのひとはめったにいはしないわ。私はナリスの妻として、あのひとよりもすぐれていないひとを私の第二の夫にするつもりにはとうていなれないわ——あなたやタリク大公がナリスより、そんなに劣っているなんていっているわけじゃあないのよ。ただ、私にとっては、ナリスが一番なの——いまも、これまでも、そしてこれからも。そのことだけは、どうしてもわかっていただきたいわ、ヴァラキアの——いえ、ゴーラのイシュトヴァーン陛下」

「……………」

イシュトヴァーンは、考えこむように下唇をひっぱったり、自分の顔の傷をそっと触ったりしながら、リンダのこの長広舌にじっと耳を傾けていた。

正直、イシュトヴァーンは、そうした抵抗にあうだろう、ということは十二分に予想もしていたし、また、リンダが、遅かれ早かれ「ナリスを殺したのはあなただ」と言い出すだろう、ということもまた、当然予想がついていたのだった。そうして、じっさい、そう云われたらどう対処するか、ということについても、多少の考えはあったのである。

「あのときのことは……」

イシュトヴァーンは、リンダが胸のうちをぶちまけて、少し落ちついた、と見てから、甘ったるい口説とはうってかわった、いかにも誠実そうな低い声で云った。

「本当にすまなかったと思ってるよ。それに、あのときのことを思い出すたび、俺も激しく胸が痛む。あのときのことを忘れたことなんかねえし――第一、ナリスさまは、俺の目の前で息を引き取ったんだぜ。俺は、いったい何がおこったんだか、最初のうちはかいもくわからなかった。それから、そうと知って――本当に、どうしていいのか途方にくれたもんだぜ。俺の一生にはほんとにいろんなことがあったけど、あれはそのなかでも一番恐しい瞬間でもあったんだ」

「そう――そう思うならなぜあんな――あんなこと……あんな無法な、無謀な……」

リンダは、さまざまな追憶に押し流されかけていたので、低い嗚咽をかみ殺しながら云った。

「言い訳になっちまうから、あまり云いたくなかったんだが……」

イシュトヴァーンはいたっておとなしく答えた。

「あのときの俺は正気じゃなかった――なんていったって、なかなかお前――あなたにも、ほかのパロの連中にも、信じては貰えないんだろうけどな。でも、本当だぜ――俺は、あのとき、はっきりいって、黒魔道師にそそのかされ、操られ――そうして、マルガ攻めを思いつかされて、ナリスさまを拉致しろ、とそそのかされていたんだ。俺自身の考えじゃない――なんていったら、よけいあなたの怒りにふれてしまうかもしれないけどな、リンダ女王。だけど、本当なんだ。あのとき、俺はどうやら黒魔道師に操られていたらしいんだ。その証拠に、俺はあのころのことって、あんまりよく覚えてねえんだよ。いつも、頭のなかで、あのころのことを思い出そうとすると、記憶が混乱して、ひどく頭が痛み出したり――それで、いったい本当は何がどうなって、何が起こったんだか、全部思い出すのはとうとう諦めてしまうんだ。――だが、そこに黒魔道の不吉な勢力が動いていたのは、本当なんだ。俺はそんなもの、そのときにはちっとも知らなかったし、おのれがそんな暗示なんか植え付けられてるとも知らなかった。だけど、あとでそうと知らされたとき、われながら愕然としたよ。なんてことをしちまったんだろうと思った。いまでも思ってるんだよ、それは」

「………」

信じない、というように、リンダはちょっときつい目になって、イシュトヴァーンをにらみつけた。

イシュトヴァーンは、ひるまなかった。

「だから、あなたからは、言い訳にきこえるんだろうなと思ってるよ。だけど――そうだな。あんたがいかにきれいになったか、色っぽくみえて、俺がまたしても恋に落ちてしまった、なんてことを話す前に、率直にこう云えばよかったんだな。本当のことを」

「本当の……ことって？」

かなり疑わしげに、リンダは聞いた。その目はまだ、けわしいままだったが、イシュトヴァーンは、その目をまっすぐに見返した。

「つまり、それは——俺がここにやってきたのは、まず、《あのこと》について、一度でいいから、本気であなたに詫びたい、と思ったからなんだ、ってことだよ。それを先にいうのがスジってものだった。あんまり、あなたが美しいから、ついついその気になって、口説きはじめちまったけど、俺がここまで、あなたの承認もとらずにやってきちまったのは、ひとつには、いてもたってもいられなくなったからだったんだ。あなたに、ちゃんと、俺の感じた辛い思い、苦しい思いを伝えて、俺だって苦しんだんだ——俺がどんなにナリスさまを崇拝していたか、憧れて、尊敬していたか、そして、その崇拝するひとをそうやって俺のせいで死なせてしまったりして、いかに俺が落ち込んだか、苦しんだか、それをわかってもらおうとすべきだったんだ」

4

「それは……まあ――でも……」

リンダは、一瞬、どのように対応したものか、迷うように、口ごもった。

イシュトヴァーンは、さながら敵軍のすきを見つけてそこに切り込む指揮官のように、すばやくたたみかけた。

「そう、だから、俺はあんたにあやまりにきたんだ、リンダ。何もかもまずそれが最初だってことを、あんたにはっきりすべきだった。それからだ、俺があんたに気持をほどいてもらい、あらたにもう一度、俺との――いますぐ恋に落ちてくれとなんていったりしない。そうではなくて、俺という人間をもう一回見直してもらうのは、すべては、その詫びをあんたが受け入れてくれてからのことだ。俺は――ずっとこうしたいと思ってたんだ」

云うなり、イシュトヴァーンは、さっとその場で地面に膝をつき、両手をつかえて、頭を深々と地面にすりつけた。

「許してくれ、いや、許して下さい。俺はまったくそんなつもりもなく、敬愛するナリスさまを黒魔道にあやつられてあんな運命に引き入れてしまった。それは俺の本意じゃなかった。そんなつもりはなかった——なんて、いくらいっても、あんたや、パロの連中の気持ちはほどけやしないし、信じてくれることもないだろう。だが、これは俺としての、俺自身のためのけじめだ。俺は、ナリスさまをこの上もなく敬愛していた。だから、逆にいえばだからこそ、あのときナリスさまをどうしても連れ出したいと思ったんだ。ナリスさまがそんなに弱っておられるなんて、俺は想像もしてなかった。俺にとっては、いつだってナリスさまはなんでも知っていて、なんでも出来て——なんでも、俺が仰ぎ見るほど素晴しい人だったのだから。だから、まさか、そんなに体が弱っておられるなんて、俺は考えもつかないであああしてしまった。その結果が——いろいろあったあげくに最悪のものになってしまったが、俺は、その結果に動転してしまい、どうしていいのかわからなかった。どうやって、ナリスさまを敬愛しているパロの国民や、ましてあなたに——どう、この事態を収拾していいのか、どう申し開きしていいのかかいもくわからずに、本当に動転してしまったんだ。その結果さらにおかしな行動をかさねたこともあったかもしれない。だけど、俺はいつだって——いつだってこれまであのときからずっと、ナリスさまのことを考えていた。どうしてあのとき俺はあんなことをしてしまったんだろう。どうして、俺は誰かあやしい黒魔道師に操られて煽動されているんだ、なんてことに気が付かなかったんだろう。——どうして、俺は、こんな運命に巻き込まれてしまったんだろうと……」

「お願い、イシュトヴァーン。もう、そんなことはやめて」

リンダは小さな悲鳴のような声をあげた。

「あなたが、そんなふうにしているところは……見たくないわ。そんなふうに、土下座なんかしないで。お願い、もう立ち上がって、普通にして。そうでなくても、私、あなたに突然そんなふうに詫びられて、どう考えたものか、どう受け取っていいのか、まったくわからずにいるのよ。私にとってはとても大きな出来事、私の一生を変えてしまうような出来事だったんだし……これまで、ナリスが死んでしまってからずっと、私、あなたを——憎んでいた、とは云わない。あなたが本当にナリスを殺すつもりなどなかったくらいのことは、私にだってわかったのですもの。でも、それでも、あなたをうらんでいたわ——それはしょうのないことでしょう? 私、ナリスに生きていて欲しかったのだもの。どんな不自由なからだになっても、自分では手を動かすこともできないようになってしまっていても、それでも、生きていてほしかった。あのひとさえいれば——私は、幸せだったわ。だから……あのひとがいなくなったとき、私はどうしていいか、まるで自分の人生すべてがついえて崩れ落ちてしまったような気がしたし——それから、まだやっと一年半だわ。私の心は、まだまったく、立ち直ってなんかいないのよ。というより、何年か時がたったからといって……立ち直れるかどうかわからないわ。いえ、もちろん……笑ったり、楽しいと思う瞬間があったり……すてきな人に出会ってすてきだなと思ってちょっと胸をときめかしたりすることは、あると思うの。あのひとは、いつだってそれは生きることを愛していたのですもの。私がずっと泣きの涙で垂れ込めて暮らしていることなんか、あのひとは望まないと思うわ。だから、私はそう思って――あのひとが一番、私に何を望んでいるだろうか、と思って……それで、パロの女王になることにしたんだわ。なりたくなんかなかった――私はパロの女王なんていう柄じゃないし、そんな重たい責任を引き受けるのもいやだったし、それに、何をいうにも、私がそうしようと決意したときには、本当にパロの状態は最悪だったわ。私のような未熟な、何も出来ないものでなくたって、あのときのパロを引き受けて、建て直すなんて、誰もしたがらなかったと思うわ。――でも、私は、いやでたまらないし、本当に自分は向いてないと信じていたけれど、逆に……誰もしたがらないことだから、私がするほかはないと思ったんだわ。きっとナリスだってそうしたでしょうし――ナリスならば、おおいなる喜びと義務感と満足感とをもってやっただろうし、私の何倍も有能にしてのけたでしょうけれどもね、たとえ寝たきりであってさえも。でも、私は……ひたすら、ナリスに対する義務の思いで……」

「お前は、偉いよ、リンダ」

イシュトヴァーンはすかさず、いささかずるく云った。

「これまで、たぶんお前のまわりの連中は、もっとこうしてくれ、あれをああしてくれ、と要求ばかりしてきて、お前がどんなにひとりで頑張ってるか、どんなに辛い思いをしてるか、どんなにまだ本当は若くて、遊んでいたいさかりで、ひどい運命にあって、未亡人になって悲しくて……だのに、それをすべてはねのけてこうして頑張っているんだ、なんてことは、ちっともわかってくれなかったんだろうと思うよ。だが、俺は、わかるよ、リンダ。俺にはよくよくわかる。俺は、どんな思いでお前がパロの女王になったのか、そうして、どんなに苦労して、夜の目も寝ずにパロを建て直すためにだけ、この時間を過ごしてきたのか、すごく、すごく想像がつくよ。リンダ——可哀想に。本当に大変だっただろう」

「ま……」

リンダは、思いがけぬことばをきいて、おもてをあげた。

その目に、思わずも、涙が滲んできた。リンダは、それを恥じたが、どうすることもできなかった。本当は、彼女はどれほど孤独を感じており、どれほど辛くて大変で、どれほど慰められたく——どれほど、誰かに頼って、誰かを支えとしていたかったか、はっきりとはじめて自覚したのであった。

ヴァレリウスはいたけれども、ヴァレリウスもまた同じような重責にあえいでいて、押しつぶされかけていたし、それに、ヴァレリウスは、リンダを慰めはげますようなタイプの男ではなかった。むしろ、どちらかといえば不平の多いほうであるヴァレリウスは、つねに、「自分は貧乏くじをひいたのだ」と考えていることをリンダに感じさせたし、そうである以上、リンダは、ヴァレリウスには、自分の内面のそのような弱音を知られるわけにもゆかなかったのだ。

そのかわりにリンダはよく、スニあいてに胸のうち、思いのたけをぶちまけていたけれども、しかし、どれだけスニが忠実で、リンダのことを思ってくれ、よく話をきいてくれても、やはりセム族はセム族であった。それ以前に、スニもまたうら若い少女といっていい年齢で、ひたすら同情もしてくれたし、ともに心も痛めてくれたけれども、それでもやはり、それだけではリンダは満たされなかった。本当は、どれだけ自分が、頼もしい男性に支えられ、慰められ、抱きとめられたかったのか、ということを、いま、はじめてリンダはひしひしと感じたのだった——もっとも、ハゾスに対しては、そのような感じを味あわなかったわけではなかったのだが、やはり、ケイロニアの宰相である、ということと、それに、ハゾスが妻子もちである、ということも、おおいにリンダのその気持にブレーキをかけたのだ。アドリアンは若すぎ、未経験にすぎ、ただ取り柄といっては一途にリンダを愛している、というだけにすぎなかったから、とうてい、リンダにとっては、相談相手にも、慰め手にもなりようがなかった。

イシュトヴァーンのやさしい言葉は、たとえそれがかなりよこしまな目的から発されたものであったにせよ、そのような、辛い日々を過ごしていたリンダの気持を、ゆさぶるには十分であった。だが、リンダは、一生懸命自分を押さえて、イシュトヴァーンのことばにほだされてしまうまいとした。滲んできた涙をイシュトヴァーンに気付かれないようにすばやくまつげをしばだたいて振り払うと、彼女はいくぶん冷たい口調で返事をした。

「お優しいこと、イシュトヴァーン陛下。そのように云って下さって、私、本当に感謝に堪えませんわ。でも、私にとってはこれが、亡き夫の愛情にむくいる最大の方法なんですの。私はパロ聖王家の最後の一員で、そうして、このパロ王国をなんとかして、夫が願っていたような、また再び平和な繁栄している、伝統あり文化の香りゆたかな王国に復活させなくてはなりません。それをこのように荒廃させたのは、残念ながら、私にとっては実の弟であったレムスのしわざです。むろんレムス自身もまた、そそのかされたり、だまされたりしてそのような陥穽におちいっていったのだけれど、そのむくいはすでに十分すぎるほどレムスは支払っていると思うわ。だから、私は、夫への感謝と、そして弟のおかした罪のつぐないのために、いまこうしてパロ国民のために身を粉にして尽くしてゆかなくてはならないのだと思うわ。私を案じてくださることは本当にお優しいと思うし、とても報われる気持がするけれど、でも本当は、これはなにも私にとっては大変なことではなくて、聖王家の正当な王位継承者であった人間として、とても当然の義務を果たしているにすぎないんです」

「なんか……難しいことばかりいうなあ」

いくぶん、へきえきしたようすで、イシュトヴァーンは云った。自分の口説《くぜつ》が、こんなになかなか功を奏さない、ということが、イシュトヴァーンにしてみれば、信じられなかったのだ。自分がそうして悩ましい目で見つめながら、愛のことばを囁きさえしたら、どんな女性でも必ずたちまちとろとろとなり、そうして心を動かしてしまうはずだ、と彼は信じていたのだから。いや、女性だけではなく、男性とても同じことであったが。

「そんなに、難しく考えることはねえじゃねえか。——俺の、わびごとを受け入れてくれる気はあるのかい。もし受け入れてくれないなら、もういっぺん、土下座したっていいし、あんたが気が済むまで、毎日毎日、あんたの居間の前に通って、そこでずっとわびをくりかえしたっていいんだ。そのくらい、俺は、後悔しているんだから」

「もう、あなたを殺してしまいたいとか、ナリスのかたきをとりたい、などというほどに、激情を燃やしているわけではないわ。だから、その点だけは、安心なさって、イシュトヴァーン」

リンダは云った。彼女の口調が、かつてのレントとノスフェラスの冒険の折の親しげなものから、いくぶん切り口上の女王らしいものをいったりきたりしていること、そのものが、彼女の気持がひどく動揺している、というあかしであった。

「だけれど、そんなふうに私の居間に通い詰めたり、土下座したりなんて、そんなことなさらないで。第一そんなことをしても何の役にもたたないわ。私——私……」

リンダは、一瞬、遠くから聞こえてくる音楽に耳を傾けるふりをして、目を宙に遊ばせた。最後の切り札をいつ持ち出すべきだろうか？　いっそ早いほうがいいのだろうか？　それを云ってしまえば、もうイシュトヴァーンはさっぱりと自分のことは諦めてしまうだろう。そう考えると、いささか口惜しいような気もするし、一方では、また、それを云っても諦めなかった場合には自分はどうしたらいいのだろう、という不安な気持もないわけではない。

だが、もうそろそろ、宴席に戻らなくてはならぬ時間であった。それに、このあとは、なるべく二人きりでのそういう親密な時間は作らないほうが、戦術としては賢いだろう、とヴァレリウスに、リンダは固く申し渡されていた。ヴァレリウスは、リンダの性格をよく知っていたから、リンダがあまりたびたびイシュトヴァーンと二人で会う時間を重ねれば、重ねるほどにだんだんイシュトヴァーンにほだされ、心を許して、その気持がイシュトヴァーンに向かって傾いていってしまうのではないか、ということを予期していたのだ。

（こういうことは……二人だけで云ったほうが、きっと……いいと思うわ……それに、ほかのものには、あまり聞かれたくないことだし……)

リンダはとっさに考えをめぐらした。そして、思い切ってその《決定的な言葉》を口に出してみることにした。

「私、婚約しているのよ。――いまはまだ、喪が明けないから、公表も出来ませんけれども、私は、もう、再婚が決まっているの。したくてすることではないわ。私は聖王家の最後の直系の血をひく女性として、パロ聖王家の血筋を後世に伝えてゆく、大きな責任があるの。――そう説得されたから、私も、本当に義務としてその結婚を引き受けることにしたのよ……」

「何だって」

さすがに、そのリンダのことばは、イシュトヴァーンに激しい衝撃を与えた。

それはまったく予期していなかったので、イシュトヴァーンは、思わずまた手を伸ばして、リンダの腕をひっつかみそうになったが、辛うじて自制した。

「そんな話、聞いたこともねえ。まったくの初耳だぞ」

「だから、まだどこにも公表していないわ。まだ、公式にはナリスの喪は明けていないのですもの。パロでは、王族の――ましてや聖王たるものの喪はまる三年が最低限、もっときびしい節制を保って喪に服するのが三年で、そのあとさらに二年、ないし五年はなおも喪の期間の延長とみなすのが普通なのよ」

「そ――それはともかく……」

衝撃のあまり、イシュトヴァーンはどもった。

「だって、タリクも――アドリアンだっけか、あの小僧だって、はなもひっかけなかったんだろうが、お前は。――でもって、俺が求婚にくるかもしれねえってこともわかってたんだろう。――俺は王になったんだし、王になったらお前を迎えにくるよ、って、あんな固い――固い約束をしてたんだし。いったい――」

イシュトヴァーンはいささか目を白黒させながら追及した。

「いったい、誰と婚約してんだって！」

「ナリスの弟王子よ」

リンダは、イシュトヴァーンがどの程度まで、パロ聖王家の《本当の事情》に詳しいのかもわからなかったし、また、マリウスことアル・ディーンとイシュトヴァーンの葛藤についても、ヴァレリウスにさんざん忠告されていて、この突然あらわれてきた王子「アル・ディーン」がイシュトヴァーンもよく知っている吟遊詩人のマリウスだ、ということを極力知らせないように、とも云われていた。それで、リンダの言い方は、いやが上にも慎重になった。

「弟――ナリスさまのお、弟、だとぉ。それは嘘だ。そんなものがいるなんて話、俺は聞いたことがねえぞ」

「そんなことはないわ。普通にパロ王家について聞いている人なら、誰だって、ナリスに腹違いの弟がいるってことは、聞いているはずよ。もし知らないとすれば――これまで聞いたこともなかったとしたら、それは、あなたがよほど、中原の諸王家の事情については注意を払っていなかった、ということだわ」

「前に――そんなようなことは、聞いたことがあったかもしれねえが……」

イシュトヴァーンは眉根をよせ、激しく考えこむ表情になった。

「思い出せねえ。――どこで、そういう話を、聞いたんだったか……」

正直のところ、イシュトヴァーンは、基本的には「自分の興味のあるもの」にしか興味をもたないし、それ以上は、たとえ必要なことであろうとも、興味のないものについて知ろうとなどまったくしない、ましてやそれを記憶にとどめておこうなどとはまったく思わない人間であったから、アル・ディーンのことなど、記憶にまったくなかったのだった。ことが戦争にかかわるかぎり、どこの国にはなんという将軍がいて、なんという英雄がいて、それが剣が堪能なのか、それとも采配がたくみなのか、どのていどの人物なのか、などということについてのイシュトヴァーンの記憶力は非常にすぐれたものだったが、いっぽうでは、自分の関心のないことには、イシュトヴァーンはほとんどその記憶力を発動させようとはしなかった。それゆえ、「自分の興味のあることしか見えない」いささか危険な傾向は、イシュトヴァーンのなかで、このところずっと、高じてゆくばかりだったのだ。

「ナリスさまの、腹違いの弟だと。そいつと、結婚するっていうのか。前の旦那の、よりによって弟と——だって、法律上は、そいつだって、実際はお前の義弟だから、弟にあたるわけじゃあないのか」

「年も私よりずっと上だし、それに、パロ聖王家においては、《青い血》の純潔を守ってゆくために、聖王家の近い親戚同士で結婚する、というのがごく自然なこと、というより、当然なことなのよ」

リンダは、この話がかなりききめがあったとみて、いくらかほっとしたような、寂しいような気分になりながら、イシュトヴァーンに説明した。

「私とナリスだって、いとこどうしだわ。あまりそうして近親婚を重ねると、よくない結果が出ることもある、ともいうけれど、でも聖王家にとっては、それはしかたないことなの。なぜって、聖王家というのは、きわめて特別な家柄で、本当に厳密には、決して聖王家の人間は聖王家のもの以外とは結婚したり出来ないからなの。——かつては、姉と弟で結婚したり、どうしてもふさわしい求婚者が見あたらないというので、お父さんが娘の子どもの父親となることをやむなくされたり、ということもあったのだそうよ。——でも、いまではもうちょっと聖王家もひらけているし、いまの常識にあわせるようになってきているから——何十年か前、私のお父様かその前の王の世代くらいからね。

だから、私のおばさまはアルゴス王スタック陛下の妻になったし――でも、いまはとても事情が違うわ。いまもう聖王家の王位継承権をもつような人間は、本当に少なくなってしまったの。しかも女性は私――本当に私ひとりだわ。フィリスはいとこのベック公の妻だけれど、もうあそこに子供が生まれる可能性はないでしょうし――どうあっても、私、聖王家の血筋を後世に伝えるため、一人でも多くの子供を産み出さなくてはいけないのよ」

「そんな、ばかな」

怒って、イシュトヴァーンは叫んだ。

「そんなのってあるもんか。それじゃ、お前は、種馬――じゃねえな、そりゃ男だ。えと、だから、その何だ――子供を生むカラクリ機械みたいなもんじゃねえか。そんな、聖王家の血筋を伝えるだの、そんな理由で旦那の弟と結婚して子供を生むなんて、お前、イヤじゃねえのか」

「いやだ、いやでないですることではないのよ、イシュトヴァーン――これは、王家の義務なの」

リンダは、同じ考えに対して、つい先日自分も同じような反発を表明したことなどまったくなかったかのような顔をして、イシュトヴァーンにむかって、まるでわけのわからぬ子供に道理を説き聞かせる母親のようにじゅんじゅんと云った。

「王家の人間というのは、本当の話、十割完全に自由なわけではないのよ——というより、自由なんてどこにもありはしないわ。私たちは、崇高な義務と任務、そうして使命によって縛られているの。いいも悪いもない——私たちの希望もなにもないわ。ただ、私たちは王家のものだから、という、それだけなの。——あなたには、とうてい理解しがたいことかもしれないわね。自由で、思いのままに生きてきた風みたいなあなたにとっては。でも私には——私がそもそもナリスと結婚することだって、そのようにして決められていたことよ。私は、そのことに何の抵抗も感じなかったわ。今度もたぶん、時さえたてば、抵抗を感じない、というよりは、とにかく私は、これは自分の仕事、任務、義務としておこなうと思うわ。——だから、どちらにせよ、タリク大公もアドリアン聖騎士侯も、そうしてあなたも、私を妻にする、ということはまったく不可能なの。私は、ただの末亡人ではない、私はパロ聖王家の血筋を伝えるための、あなたのいうとおりだわ——機械なの。だから、私には、自分の幸せだの、自分の未来だの——そんなものをかんがみることは、許されていないのよ」

「そんなのってねえよ」

イシュトヴァーンは叫んだ。だが、さしもの彼も相当に衝撃を受けてしまったらしく、その声は、いくぶん小さかった。

「そんなのってあるもんか。——それじゃ、お前は本当に、パロ聖王家だの、パロという国のためにだけ生きてて——お前自身ってものは——お前の幸せなんて、誰ひとりかえりみてくれやしない、ってことじゃねえか。——そんなのって……そんなのって……ええと……」

イシュトヴァーンはしばらく懸命に考えた。それから、ようやく、言葉を思いついて叫んだ。

「ひ、ひ——非人間的、ってもんだよ。そうだ、非人間的なんだよ！」

「そうかもしれないわね、イシュトヴァーン。でも、それは、ひとから強制されることではなくて、私が自分自身で、そうすべきだ、聖王家の最後の独身の若い女性としてそうしなくてはならぬ、と考えて選択したことなのよ」

「そんな——そんなのって……」

イシュトヴァーンはまたどもった。

そうして、こんどはしばらくのあいだ、おのれの頭のなかを整理するかのように口をちょっとぱくぱくさせていてから、やっと云った。だがその声はまたいくぶんかよわかった。

「そんなのってねえよ。お前は……だってお前は、俺のことを嫌いじゃねえんだろう。——俺とのあいだに恋が、新しい恋が芽生えるかもしれねえんだろう。だのに、お前は、ガキを、この国の王様になるためのガキを生むために、俺じゃねえ、好きでもねえ義弟と結婚するっていうのか」

「ええ、そうよ。そうだわ、イシュトヴァーン。それが、私の決めたことよ。それは、パロの聖女王としての決断だわ」

それは、本当ではなかったが——しかし、リンダは、(もしかして結局はそうしなくてはならないのかもしれない)という思いにちょっと身をふるわせた。

イシュトヴァーンは敏感にその震えを見てとった。

「お前だって本当はヤなんだろう」

彼は激しく云った。

「いい加減にしろよ。そんなばかげた話があるもんか——そんなの、うっちゃっちまえ。俺がここにいるんじゃねえか——そうだろう。男と女がひっつくのに、恋以外の何が必要だっていうんだ。そうじゃねえのか」

第四話　談　判

1

静かな、おだやかな夜であった。

もう、クリスタル・パレスでのすべての公的な催しも、その後かたづけさえも終わって、宮殿はほぼ眠りについていた——といって、それほど遅い深夜であった、というわけでもない。ただ、このところ、もう、あんまり遅くまでの催し、というのは、歓迎されなかったのだ。宮殿に勤めている人間の数も少なくなったので、夜勤専門にまわせる人数もあまりいなかったし、翌朝も勤務のあるものたちはあまり遅くまで働くことをいやがるのは当然であった。それに、広大なパレスが遅くまで動いていれば、その分、あかりのための油だの、さまざまな経費もうなぎのぼりになる。

それで、いまとなっては、クリスタル・パレスでの催しごとも、公的な祝典も、みな早くからはじまり、かつてだったら「これから宴たけなわ」となるような時間で終了してしまうのが、このしばらくの恒例となっていたのであった。

そんなわけで、リンダがおのれの居間に引き取ってきたのも、それほど遅い時間ではなかった。そのあと、かるく湯浴みをし、結い上げていた髪の毛をおろしてくしけずらせ、ふわりとした羽根のようにすける夜着の上に、同じように軽くてここちよいレースのガウンを羽織って、リンダはようやくすべての公式行事が終わった疲れを、ほっと自室のソファで癒していた。

テーブルの上には、リンダの好きなあたたかいカラム水が出されていた。それは、いうまでもなく、リンダの亡夫がこよなく愛していた飲み物であったが、リンダは、亡き夫と同じように、カラム水は冷たくするより熱くしたほうがいい、と考えてはいたが、夫と決定的に違うのは、甘くするのはいやだったし、また、さまざまな香料を加えたりしないで、そのままで飲むほうがいい、と思っていたことであった。そのかわりに、カラム水の「お供」に、クリームをよく泡立てて蜂蜜を加えて焼いた、軽い菓子をつまむ。寝る前に一杯の、そのような好みどおりに作ったカラム水と、好きな菓子でくつろぎながら、その日一日あったさまざまな出来事について、足元に丸くなってそっとリンダの足をさすったりもんだりしてくれているスニに話をするのは、リンダにとって、いまのこの辛いしんどい、お勤めにつぐお勤めの日々のなかで、もっともくつろげ、心の癒される時間であった。

「ああ——でも……」

しかし、今夜のリンダは、ことのほか、物思うことが多いようであった。少しあけさせた窓からは、おだやかな夜気に混じって、ちょうどいまがたけなわのロザリアの花の香りが外から流れ込んでくる。

その香りと、室内にふんだんに飾られている、匂いの強いのが最大の特徴のローリアの花——それはふしぎな緑色をしていて、一見するとまるで葉っぱのように見えるが花である、という、とてもふしぎな花だったのだが——の匂いとに包まれて、カラム水の、大好きな銀杯を手にしてそのぬくもりを味わっていると、リンダは、まるで何もかもが夢だったのではないのか、というような心持にとらわれるのだった。

「なんてことでしょう。——おまえには、そういう私の内心のゆらめきをそのままぶちまけたところで、かまわないわね、スニ」

「アイ、アーイ」

「私、一瞬、確かに心を動かしたのよ。——というよりも、美しくなっただの、色っぽくなっただの、あらたに恋に落ちただのと云われて——すごく動揺したわ。そうして、私——それは本当にもう認めないわけにはゆかないわね。私……とても、嬉しくて……ときめいたのだわ。胸がどきどきして……私もその場で恋に落ちてしまいそうだった。

もっとも、すぐに、義務と、そうしていまの境遇と——それに、あの人のしたこと、ああ、そうだった、この人がナリスを殺したんだわ、という思いが、私を我に返らせてくれたのだけれど。――ねえ、スニ、そう思うと、本当に、女というのは、しかたのないものねえ。女というものは、といってしまったら、ちっともそういうところのない堅実な、ほかの女性たちに対して申し訳ないのかもしれないんだけれども」

「そんな――ソンナことないヨ。リンダさまはいつも正しいヨ」

スニは、ずいぶんと中原のことばが堪能になったとはいえ、もともとがセム族である。リンダのいう複雑なことばを、すべて理解している、意志の疎通が出来るとは、とうてい言い難い。

だが、そのかわりに、スニは、いつも、ただひたすら、リンダを褒め称え、慰め、そうして励まそうと一生懸命になるのだった。そして、それが、日頃あれやこれやとかしましい宮廷人の批判や要求や談判にさらされているリンダにとっては、何よりもの慰めにほかならなかったのである。

「正しいか、正しくないかは私にはわからないのだけれどね……いい子ね、スニ」

リンダは手をのばして、自分の足元にまつわりついているスニの小さな毛むくじゃらの頭を撫でた。

「でもとにかく、やるだけのことはちゃんとやったと思うわ。――ヴァレリウスに云えと云われたことも……私がアル・ディーンと婚約してるんだ、という話もしたわ。それは、イシュトヴァーンはとても衝撃を受けたみたいだった。その話をしたあとは、なんだかすっかりおとなしくなってしまって——そうして、竜頭蛇尾という感じで、宴の席に戻っていったわ。だいぶん、二人だけでいたから、スニたちが心配しているのはわかっていたけれど、でも、何も心配するようなことはなかったんだ——と思うわ。結局、私は、恋にも落ちなかったし。手ごめにも、されやしなかったし」

「手……なに？」

「ああ、ごめんなさいね、スニ、スニに教えるようなことばじゃなかったわ。……要するに、私の身も無事だった、っていうこと」

「ぶじ……」

「その意味では、ずいぶんと彼も紳士的にふるまっていた、とは認めてやっていいのだと思うわ。私、もっと彼のことを、頭からひどい無法者だと——何も宮廷儀礼なんか知らなくて、守る気もないような、昔の海賊や山賊だったころのままだと決めつけていたけれど、今回見て、ちょっと考えが変わったわ。——それほど決定的に変わったとは思わないけれど、でも、彼——イシュトヴァーン、変わったわ。そう思うわ、本当に」

「イシュトヴァーンさま——変わったか？」

「ええ、ある意味ではね。ある意味では変わってないわ。あの輝く黒い瞳だの……やんちゃなところだの、無鉄砲で、そうして激しいところだのは、ちっとも変わっていないし……そういうところは変わってほしいとは思えないわ、私には。でも、彼……ずいぶん、おとなになったと思うの。少なくとも、かつての彼なら、欲しいと思ったものがあったらきっと……」

リンダは、思わず、言葉を切り、ほっと溜息を洩らした。そうして、自分の胸をそっと両手でおさえた。

(私は……そうしてほしい、と思っていたのかしら……)

思わず、彼女は黙り込んで、自分に問いかけずにはいられなかった。

(本当は……いっそ、力づくでイシュトヴァーンが私を拉致してしまってくれれば——そのほうがどれだけか、パロの聖女王などとおさまりかえって、そうしてパロの聖王家の血筋を後世に伝えるべく、アル・ディーンと結婚するよりいいのに、って、私……思っていたということはなかったかしら。——もし、そんなところをちょっとでも見られたとしたら、あの人はとても鋭い、とてもそういう意味ではカンのいい人だわ。きっとただちにその私の欺瞞を見抜かれて……手をのばされてしまったのに違いない。そうしたら、私——無事に切り抜けることは出来たかしら。逆らって——もちろん力づくではとうてい、彼に逆らうことなんか私には出来ないけれど、ひとを呼んで……彼に恥をかかせて、そうしてパロから追い返してしまう、そんなことが……出来たかしら、私に……)

(いやなリンダ……あなた、ちょっと、頬がほてっているわ。——やっぱり、あなた、イシュトヴァーンが好きなのじゃないの?)

その考えは、いささか戦慄的に思われたので、あわててリンダは否定した。

(違うわ。だってあの人は……あの人がナリスを殺してしまったのだし——少なくとも死に至る原因を作ったんだし、それに私はパロの女王で——決して、ゴーラ王の王妃になんかなれる立場じゃないわ。私がもし、ゴーラ王の王妃にされてしまったら、パロはゴーラに力づくで併合され……パロという国は、三千年の由緒あるこの聖なる王国は、私の代で滅びてしまう、ということになる。そんなことは出来ない——かたちあるものはいつかはほろびてゆくのがこの世のさだめである以上、パロだっていつか滅びないとはいえない、ユラニアが滅びたように、ほかのいくつもの古い国家が消滅したように。だけれど、それが——私の代で、私の責任のために消滅する、というのだけは……私はイヤだわ。なんとしても……私の代から、次の代へと、この国を守り通して、受け渡しを完成させなくてはならない。もっとも……そのためには……私は、次の世代というものを、まず、作らなくてはいけないわけなんだけれど……)

「リンダさまどうしたか?」

黙り込んでしまったリンダを心配してスニがきく。

リンダはゆっくりと、ほどいたゆたかなプラチナ・ブロンドの髪の毛をゆらめかせて、頭を振った。

「なんでもないのよ。ちょっと考えごとをしていただけ」

「考えごと……」

「そう、私にはね、いつでも、考えなくてはならないことが、沢山沢山あるものなのよ、女王などというものになってしまったからね。そうでしょう、スニ」

「アイ」

スニは従順にうなづく。スニは決してリンダのことばに、ことばをかえそうとすることはない。

(アル・ディーンと婚約している、と口に出すとき、私は……本当に、いやな気分だったわ。——どうしてなのかしら。あの人だって、それなりにハンサムだと思うし——ちょっとやさ男すぎるし、ちょっとにやけている気が私にはするし、気は合わないけれども、でもだからといって、彼が綺麗でない、美形でないとまでいうことは出来ないわ。そう、ナリスとは比べられないけれど、ディーンもとてもきれいな青年だわ。——それに声も美しいし、歌もうまいらしいし。——そういえば私、ディーンの歌って聴いたことがないわ……)

(だのに、どうして……私、どうしても、ディーンと結婚する気にだけはなれないわ。どういうわけかしら。あの人も、優しそうだし、楽しい人だし——ちょっとお喋りすぎるかもしれないけれど——でも、あの人を好きな女の人は沢山いると思うんだけれど。ああ、そう、あのフロリーさん、彼女だって、どうやらディーンが好きだったんだわ。なんとなくそぶりでわかった。ディーンがいるときのあのひとの態度で。——だから、ディーンだって、もてることはとてももてるんだわ。——だのに、私には、とうてい、真面目に交際だの結婚だのを考え——自分の生涯の伴侶にすることなんか、想像もつかない、としか思えない。どうしてなんだろう)

(それは、あちらからも同じことみたい。その意味でだけは、私とディーンはとてもよく気があっているんだわ。でも、どうしてかしら。ディーンが私のことを気に入らないのはまあ、好みじゃないんだろうと思うけれど——まあ、そうね。私にとってもそうかしら。私も結局のところ、ただ《好みじゃない》だけなのかもしれないわ)

そう考えると、なんだかおかしくなって、リンダはくすっと笑いをもらした。

スニが驚いたように見上げる。それを、安心させるように頭を軽くなでてやり、背中を叩いてやって、リンダはまた、カラム水をすすりながら、おのれの思念を追い続けた。

(そうね……いかに、少しばかりようすのいい男性だからといって、この世の中の、外見のいい男性すべてと恋をする、というわけにはゆかないわ。第一そんなことってばかげている。——私の好みの男性といえば、もちろんナリスなのだと思うけれど、でもやっぱり、私、昔、あのころは本当にイシュトヴァーンが好きだったわ。イシュトヴァーンのことを考えるだけで胸がどきどきしたし……でもイシュトヴァーンとナリスには、同じように長い黒髪と黒い目をしている、という以外には、まったく共通したところなど、なかったように思うのだけれど——外見も、境遇も、そうして性格も……）

（それとも、どこか、似たところがあったのかしら。——二人とも、とてもお互いのことを気にしていたわ。ナリスもイシュトヴァーンのことを、ひそかにとても気にかけていたのを私は知っているし、イシュトヴァーンは自分でいうとおり、ナリスを敬愛していたのだし……何か、ひきつけあうものがあったのだろうか。それが何なのかは、女の私にはわからないのかもしれないけれど——英雄と、偉大な王とのあいだにだけ存在するようなきずななのかしら。そういえばグインも——ナリスのことも、イシュトヴァーンのことも、ひとかたならず気にかけていたようだった）

（グイン……そうね、グイン……）

「スニ、ここにいらっしゃい。抱っこしてあげましょう」

リンダは、両手をさしのべて、優しく云った。

嬉しそうにスニが寄ってくる。そのちいさなからだをひょいと、膝の上に抱え上げると、リンダは、スニをまるでおのれの小さな子供でもかかえたような気分でかるくゆさぶりながら、その頬に頬をすりつけた。

「いい子ね、スニ。——ほんとに、スニはいい子」

「リンダさまどした？」

驚いたように、だが嬉しそうにスニが、突然のほめことばに目をぱちぱちさせる。

「私が黙っていれば、そっとしておいてくれるし――私があれこれとぐちをこぼせば、やさしくなぐさめてくれる。おまえが、私にとっては一番大事なぐさめなんだわ。スニがいなかったら、私はどうしていたでしょう。――スニからふるさとのノスフェラスをとりあげ、仲間のセムたちと一緒にいることも、そうして結局はセムと結婚してセム族の子供を生むことからも遠ざけてしまったけれど、でもスニがいてくれるおかげで、私はなんとかやってゆけるんだわ」

「それうれしい」

スニがとても嬉しそうに云った。

「リンダさま、そういってくれる、スニ、セムから遠くにいるちっともかなしくないよ。スニ、リンダさまのそばにいたい、いつもリンダさまのそばにいたいだけ。だから、スニ、もう砂漠のことわすれたよ」

「そうね。砂漠――そうよ、ノスフェラスの砂漠から、すべてははじまったのだわ……」

イシュトヴァーンとも――そうして、グインとも、ノスフェラスで出会ったのだ――正確にいえばスタフォロスの城であっただろうが、じっさいに行動をともにしはじめたのはまぎれもなくノスフェラスの砂漠であった――と、リンダは思っていた。

（ナリスとだけは……そうじゃない。ナリスはいつもこの石の都のなかにいた。いえ、それは、後年は森と湖のマルガにいたけれど、基本的にナリスは石の都の住人で、ここに生まれ、ここに育って――でも、本当にノスフェラスに憧れていたわ。あのひとはかわいそうなくらい、ノスフェラスに憧れていた――同じように、グインにも憧れていたんだわ……）

それからそれへと、思いはどんどんそれてゆく。

リンダは、その、風のようにさすらってゆく《思い》に身をまかせるのがなかなかこちよかったので、あまりあらがわずにその衝動に身をまかせていた。

（そうね……あのノスフェラスの風――あの熱い砂。……あのとき、高慢な目で私を見下ろして、『ちっぽけな小娘！』と吐き捨てたアムネリスはもうこの世にいないのだわ。たった八年しかたっていないというのに。――そのあいだに、あまりにも沢山のことがあって、あまりにもたくさんの変転があって――アムネリスも数奇な、なんて数奇な運命をたどったものかしら。それを思うと、私も、なんとなく、あのひとが気の毒にもなるけれど……でも、結局あのひとはナリスとも結婚しかけたし、イシュトヴァーンとは結婚してその子供まで生んだわ。……それを思うと、あのひともまた、私の人生に、直接ではないけれどずいぶんと深くかかわっているひとなんだわ。あのひとがいなければきっとものごとはずいぶんと私にとっても変わっていただろうし……)

(でも、薄情かもしれないけれど、アムネリスのことは……どうでもいい。それよりも、私は……どうしてアムネリスのことがこんなに気になるのかと思うと、それは結局イシュトヴァーンの奥さんだったからだわ。彼女はイシュトヴァーンの妻だった。もし、それが本当にイシュトヴァーンがモンゴール大公の夫からゴーラ王になるための、偽りの結婚、そのためだけの手段だったとしても……それでも、アムネリスは……アムネリスはそれを信じたのだろうか。イシュトヴァーンが、本当に自分を愛してくれた、だから求婚したと信じたのだろうか。それとも、アムネリスは、イシュトヴァーンが本当は私を好きで、そうしてゴーラ王になるために自分と結婚した、なんていうふうに思っていたんだろうか。あのおそろしいさいご——赤ちゃんを産んで、その産褥でのどをついて自害してしまった、と聞いたわ——のどじゃなくて胸だったかしら、いずれにもせよ、短刀で自害したんだわ。恐しいこと……赤ちゃんを、生まれたばかりの赤ちゃんをたったひとり残してなんて、私には想像もつかない……しかも、その子に、アムネリスは、《ドリアン》などという、恐しい、可哀想な名前をつけるように遺言で言い残したのだという。——『悪魔の子』だなんて、なんてひどいことを——子供には何の罪もないというのに)

(アムネリスは、結局イシュトヴァーンのことを憎むようになったのかしら。——それも当然かもしれないけれど。モンゴールを結局イシュトヴァーンが蹂躙してしまったのだから……そうか、私が、こんなにアムネリスのことが気になっているのは……）

（ああ、そうだ！　私は、イシュトヴァーンの求愛が信じられないんだわ。全部信じられないわけじゃあない、いえ、信じたいと思っているのが半分はあるけれど……でも、どこかで、アムネリスのことを思い出すと、結局イシュトヴァーンは王様になりたいだけなんじゃないか――ゴーラだけではなく、パロまでも併合して、この中原に、ケイロニアに伍する大国を作り上げたいだけなんじゃないか、っていう――そういう勘ぐりがどうしてもあってしまうんだわ）

（一方では……イシュトヴァーンが王様になりたい、どうしても王様になるんだと思って、アムネリスをたぶらかすようなことまでしたのは、私のために、王になって迎えにくる、三年たったら必ず王になって迎えにくると約束したからじゃないか――という、うぬぼれなのかしら、これは……ひそかな思いが抜けないのだけれど……）

「いったい、私――何を信じたらいいのかしら」

思わず、リンダは声に出して云った。

膝の上で、ここちよげにリンダに揺さぶられていたスニは、びっくりしたように目を見開いてリンダを見た。

「姫様どうしたか？　あ。ごめんさいリンダさま」

「いいのよ、二人のときには、なんと呼んだって」

リンダは苦笑して云い、スニをそっと床におろした。

「カラム水がもう一杯欲しいわ」

ものうげに彼女は云った。

「今度は冷たいのを」

「冷たいカラム水、めずらしい。リンダさまいつもあっついのがすき」

「そうよね。でもなんだか今夜は暑いのかしら――それとも、室内だから蒸すのかしら。ちょっと、冷たいのが飲みたくなったのよ。アンかニナにいって、冷たいのを作って持ってくるよう云って頂戴」

「アイアーイ」

スニがちょこちょこ走りで出てゆく。

それを見送って、リンダはまたしても、ほ、と溜息をもらした。

（私ってば――なんだか、うわついている……）

（こんなことだと、いまに、しっぺ返しを――手痛いしっぺ返しをくらってしまうに違いないわ。イシュトヴァーンという男は、信用出来ない。それに、とても行動力もあるし、たくましいし、ずる賢い。……あの男にかかったら、たいていの女性はころりと参ってしまうに違いないし、それに、そうやってあのひとは生きてきたのだわ。前に、云ってたことがあった——ヴァラキアでは、俺は、自分に惚れる女を食い物にして生き延びてたんだ、それが俺の商売だったんだ、って。——そうよ、あの人を信用しすぎてはだめ。どれだけ純愛だと云ってくれようと、どれだけ、いままたあらたな恋に落ちたと主張しようと——あの人は結局のところ、モンゴールとゴーラを、アムネリスをたぶらかすことで手にいれ、そうして今度はパロを手に入れにやってきたんだわ。それだけは確かなんだから）

（そうよ——私がパロの女王でなかったら、それでもあのひとが私のところに、未亡人になったからといって求婚にやってくるかどうかはわかったものじゃないわ。そうよ、リンダ、しっかりしなさい。あの人は、パロの女王だから、おまえが欲しいのよ。それがきれいで色っぽければ、もっとそれはうまい話になるでしょうとも。——だけれど、私がもし、名もない貧しい、アムブラで何かを売って暮らしをたてているような普通の女だったとしたら、きっと、未亡人になったときいたところで、あの人は眉ひとつ動かしやしないわ。……そのことをよく考えるのよ、リンダ。——そうして、ディーンは好みじゃないけれど、イシュトヴァーンはやっぱり好みなのかしらなんて、うわついた考えをもてあそんだり、イシュトヴァーンに綺麗になったといわれて有頂天になったりしている自分を羞じるのよ。——あなたはパロの女王なんじゃないの。誇り高い、伝統あるパロの聖女王、そしてアルド・ナリスの妻。——たとえナリスが死んで何年たとうと、ナリスの妻であるということは私の最大の名誉であり、誇りであり――そうして、私のすべてだわ。あの人に愛された妻であった自分が、そのあと、あの人よりも格の落ちる男や、あの人よりもだめな男の妻になるなんて考えもつかない。だいたい、私は……）

リンダは、つと立ち上がって、窓のところにいった。

ちょっと外気を吸いたくなったのだ。やわらかなレースのカーテンを押し開き、まだそれほど冷たくはない夜の風を味わうように顔を窓の外にさしだす。

（ああ、いい夜。――寒すぎもせず、暑すぎもせず。――なんだかマルガを思い出すような……木々のかおりが高いわ。今夜は……）

「きゃあ！」

突然に、その、とろりとした逸楽的な思いを中断されて、リンダは悲鳴をあげた。

「だ、だれッ！」

いきなり、その窓の下、外に出られるようになっているバルコニーの床から、黒いものがぬっと立ち上がったのだ。

2

「シッ、静かに——騒ぐなよ！」

それは、いうまでもなく、イシュトヴァーンであった。

だが、とりあえずその顔を見分けたからといって、リンダの驚愕が消えたわけではなかった。むしろ、いっそうそれは増すばかりだった。

「あ、あなたどうしてこんな——こんな女王宮の奥なんかへよくまあ、たったひとりで……い、いいえ、それよりも——なんて、なんて図々しいことを……」

自分が、怒っているのか、驚いているだけなのか、ただちに衛兵を呼ぶべきなのか、どうしていいのかわからず、リンダはしどろもどろになった。

「いいじゃねえか、よもやま話は中でしようぜ。ここだと、見張りかなんかにすぐ見つかりそうだ。こんなとこ、見つかったら、俺は処刑されちゃうか、なんかどっかの塔にでもブチこまれちまいそうだ。とにかく中にいれてくれよ——でもって、かくまってくれ。けっこう、死ぬ思いしてあんたの部屋を探りあてて——なにせこの宮殿ときたら魔道師だのなんだのが大勢いるらしいからさ、そいつらに見つかったらと思いながら、どきどきしながらここまでやっと忍び込んできたんだぜ」

「なんてことを……ああ、でも」

リンダはうろたえながら云った。

「ちょ、ちょっと待っていて。ちょっとだけ」

急いで室に戻ってゆく。ちょうど、スニがリンダの命じた冷たいカラム水を持ってきたところで、ドアの、スニ用に低いところにつけたベルを鳴らす音がきこえたのだ。

「ああ、有難う、スニ」

「遅くなってすみましぇん、リンダさま」

「いいのよ……ああ、これ、ちょっと私が受け取るわ。それでね、ス、スニ」

自分がどうしたらいいのか、どうすべきなのか、どうしたいのかもわからず、リンダはまだしどろもどろで云った。

「あの——あの、ちょっと、そのう——あちらで、待っていてちょうだい。ああ、でも、アンたちには何も云わないで……私が呼んだらすぐ来られるように、おとなりの小さなおへやで、私を待っていてちょうだい、いえ、なんでもないのよ。あとですぐわけを話してあげるわ。だから、ちょっとだけ、ちょっとだけ、外で待っていて」

「……アーイ」

スニは相当にいぶかしげな顔をしたが、しかし、何もリンダの決定には異をとなえないのが、スニの習慣になっている。そのままおとなしく出てゆく。

「それで、アンにもニナにも、当分御用はないし、ちょっと重大な考えごとをしているから、この部屋にこないように、云っておいてくれないかしら」

「アーイ」

スニが出ていってしまうと、リンダは力が抜けて、いそいでカラム水の入ったつぼと、それに銀杯をのせた盆を大理石の暖炉の上においた。

（いやだ、私——どうしようっていうの。これって——これって……）

（そうよ。こんなのって……俗にいうところの《夜這い》っていうんじゃないの？　こんなこと。——とんでもないわ！　私の名誉にかかわってしまう。だからといって……）

（ああ、そう、困った。どうしよう……だからといって、ここでいま……大声をあげて衛兵を呼んだりしたら……イシュトヴァーンの名誉が……）

本当は、勝手にそのような無法をはたらいたのだから、イシュトヴァーンの名誉のことなど、考えてやるまでもないのではないか、という気も、しないわけではない。

だが、一方では、いま現在独身の聖なる女王の寝所まで、単身、勝手に潜入した、というようなところをとらえられたり、知られたりしたら、それこそいかにゴーラ王であろうと、国賓の待遇であろうと、いや、それであればあるほどそれはそのままではすまされぬ大問題になり、とりあえずイシュトヴァーンはとらえられて、当人のいうとおりルアーの塔にでもおしこめられ、その後国と国との大問題になってしまい、場合によってはゴーラとパロとの戦争のもとにだってなりかねない、ということが、いやというほどわかっているだけに、リンダは、どうしてよいか、途方にくれる思いだった。

(ここまでやるとは思っていなかったんだけれど……ああ、だめ、そんなことを思ってる場合じゃないわ。なんとか——なんとかしなくては)

ともかく、イシュトヴァーンを部屋に入れるのは論外であったが、このままにしておくわけにもゆかなかった。リンダは、急いで、いささか煽情的すぎるのではないかと思われた夜着の上にまとっていたレースのガウンを脱いで、もっとしっかりとした、外気の冷たさをもふせいでくれ、またみだらな男の視線からも守ってくれるであろう、深い紫のびろうどのガウンを羽織って、しっかりと腰のひもをしめた。さしもの彼女も、ひとりで——ないしごく気に入りのものたちとだけ居間にいるときにまで、黒一色の喪の装いにしているには、多少は夫の死から時間がたっていたのである。

さらにその上から、黒いストールをまとって、やっと少し安心したので、彼女はまた窓のところにいって、そっと声をかけた。

「イシュトヴァーン、イシュトヴァーン、そこにいるの？」

「いるよ」

声が下のほうからきこえたので、リンダがのぞきこんでみると、イシュトヴァーンは、まるでやんちゃ小僧のように、膝をかかえこんで、窓の下のところに座りこんでいた。

「あなたを部屋のなかにあげるわけにはゆかないわ」

リンダは低い声でささやいた。

「そんなことをしたら、万一にも見つかってしまったら、私の名誉は致命的な汚辱を受けることになってしまう。なんで、よくもまあここまで女性の名誉を踏みにじるような、考えなしでしかも無礼な仕打ちが出来たものかと、私相当あなたに腹をたてているけれど、でも、賓客としてきているゴーラ王に恥をかかせることもまた、出来ないわ。だから、とにかく、私がそこにゆくから、そのちょっと先に小さな庭園があって、そこにあずまやがあるから、そこで話をしましょう。ただし、半ザンだけよ。それ以上は一切いや——それに、もしも万一、あなたが、力づくの手ごめでなら、私がたやすくなびいて云うことをきいて、そのあとあなたのいうなりになるだろうと期待しているのだったら、はっきり云っておくけれど、私、あなたが私に指一本ふれても、もう国賓に対する懸念は一切捨てて大声をあげるわよ。——むろんこのあたりにだって魔道師も衛兵も沢山配置されているのだから、かれらは私の声をきけばただちにかけつけてくるわ。そうしたら、あなたは恥をかかされるだけではなく、たいへんな外交問題になるわよ。場合によってはそれはすなわち、パロとゴーラの戦争にだって発展すると思うし、いまそうなったら、ケイロニアはパロを条約により後援してくれるわ。あなたは、いまケイロニアをあいてに戦端をひらく気なんかないんでしょ」

「ねえよ、そんなの」

イシュトヴァーンは、リンダのことばにじっと耳を傾けていたが、いささかふてくされたようすで口を開いた。リンダの反応が、自分の予想していたのとかなり違っていたことに、少々がっかりしたようでもある。

「わかったよ、何もしなきゃいいんだろう。情ごわな女王様だぜ、まったく――惚れた男に夜這いをかけられて、そんなことをいうなんて、情ごわいにもほどがある」

「何でもかまわないわ。とにかく、私は、あなたが、力づくでかかればどんな女性もいいなりになる、と考えているのだったら、その考えは決定的に間違っている、ということを教えてあげたいだけなの。私は――私だけじゃないわ、誇りあるパロの女性なら誰ひとりとして、力づくの手ごめでなんか、誰かになびいたりいうなりになったりするものはないわ。もしも、女は非力だから、力ではかなうまい、そうして、操を破ってしまえばこちらの思い通りになるはずだ、と考えているなら、その考えは即刻捨てることよ。私、あなたが何かしようとしたら、即座に大声をたてるわよ」

「わかったっていってるだろう。第一、俺は、お前を手籠めにしてやろうなんて、そんなつもりでここにきたわけじゃねえんだぜ」

イシュトヴァーンは不平そうに云った。

「第一、お前、いいたかねえけど、お前のその……操とやらに、どれだけの値打ちがあると思ってんだ。それが、パロ、ケイロニアとゴーラの戦争の発端になるような大問題なのか？」

「失礼ね！」

今度はちょっと本気でむっとしてリンダは叫んだ。だが、すぐ、大声を出してひとに気付かれてはならなかったのだと気が付いて、声をおとした。

「やっぱり、女性の貞操のことをそのていどにばかにして考えているのだったら、もう、何があろうと私はあなたにおつきあいして夜の庭園に出ていって、自分の評判を危機にさらしたりしたくないわ。もうこの窓は閉めて寝てしまうから、あなたはとっとと自分の部屋に戻るか、それとも一晩むなしくそこで座り込んで私の気が変わるのを待って過ごすかすることね。やっぱり、本当はそういうつもりできたのじゃないの。抱いてしまえば女は言うがままだって」

「そうじゃねえ、そうじゃねえって云ってるだろうに」

自分が失言したらしいことに気付いて、イシュトヴァーンはあわてて言い訳をした。

「そういうつもりでいったんじゃねえよ。お前はもうだって、未亡人だろう——男を知ってるはずだろうが、って云いたかっただけなんだ」

「私がなんだろうと大きなお世話よ」

怒っていたので、リンダは、聖なるパロの女王とは思えぬような、荒っぽい口振りになった。もともと彼女はおてんばで通っていたし、いまはもうずっとおしとやかに、聖なる女王としてふるまっているとはいえ、もともと、（レムス王子が女性で、リンダ姫が男性ならばどんなによかっただろうに）といわれた、根っこの気性のほうまでも矯められるというわけにはゆかなかったのだ。そうして、それは、彼女がどんなにしとやかにふるまっていても、最後の最後になると、必ずひょいと顔を出すのだった。

「大体あなたがこんな非常識な――そもそもこの訪問からして、本当に非常識もいいところなのよ。それを寛大に、結局受け入れて歓迎の宴まで張ってあげてるというのに、それにつけあがっているんじゃないの。私があなたをいまでも好きだなんて、誰が云ったの。あなたが勝手に決めつけたんじゃあないの。私は云ったはずよ、私はもう、婚約もしていて、三年くらいしたらその人と結婚するんだから、どうにもならないって。その話を信じていないのなら、それはそれで勝手にすればいいけれど、でもとにかく、もう、何があろうと私はあなたと結婚したりなんか出来ないわ。私はパロの血筋を後世に残すという、何よりも神聖な役割があるんだし、おまけに私はまだ未亡人になっていくらもたたなくて、まだ夫を愛していて――そうして、あなたはその夫が死んで私が未亡人になるきっかけを作った当の張本人なのよ。一回や二回土下座したり、口先だけでわびるなんて、誰にだって出来るわ。まして、もっと大きな目的のためだったら、どれだけだって我慢することも、よそおうことも出来るのじゃないの？　だけど、あなたがいくら土下座しようと、口先だけで詫びようと、もうナリスは帰ってこないんだわ。そうして、ナリスが帰ってこないからこそ、私はパロ聖王家の血を後世に伝える義務を負ってしまったんだわ。いわばあなたのためよ。すべてはあなたのために狂ったのよ。そのことを、そんなに軽く考えないでほしいわ。そうして、こんな非常識なしうちの上にさらなる非常識を重ねるなら、たとえどれだけどういう理由があろうと、私はもう本当にお断りよ。明日になったらとっととゴーラに帰って頂戴。どちらにしても、私は、あなたの求婚なんか、受け入れるつもりも、そんな気持もかけらほどもないんですから！」

「ああ、そうかよ」

イシュトヴァーンは、リンダのことばをじっと辛抱強く聞いていた。彼は、窓に手をかけだが、それは、奔流のように反論するためにほかならなかった。

てのびあがり、リンダをねめつけた。

「お前が、俺が愛してるの好きだのっていうのをそんなに迷惑がってるとは思わなかったよ。いつだって、お前は、ちょいと赤くなってみせたり、俺に気のありそうなところを見せてたじゃねえか。夜のあの宴会だってさ、俺と二人きりになるのを喜んで承知してさ。でもって、俺が綺麗になったっていったら、まんざらでもねえ顔をしてたじゃねえか。だから、こちらだってそりゃ、これは脈ありだなって思うさ。それをいまになって、そんなことはないのどうのといわれたって——そりゃこっちだって、それは女の手練手管、かけひきだとしか思えねえぜ。第一、お前、最初に話をしたときだって、そんな婚約のことなんか、かけらほどもちらつかせなかったじゃねえか。いまになって、突然そんな話を持ち出すのって、俺からみたら、ただ単に、一番ていよく俺を追っ払う口実を誰かさんが思いついてお前に吹き込んだとしか思えねえぜ。——じっさい、そういうとこはちょっとも変わってねえんだな！　もうちょっとは、見かけどおり、おとなのいい女になってると思ってたんだけどな。なんのこたあねえ、ただの駄々っ子のガキんちょ女じゃねえか。おまけにそんな、昔のことをいつまでも持ち出してさ。男が土下座してあやまるっていうことを、そうそう軽く見るもんじゃねえぜ——そういう男の真実がわからねえから、だからお前はガキだっていうんだぜ」

「ああ、ガキで結構よ。私まだ二十二歳なんですから」

リンダは頬を真っ赤にして言い返した。

「そのガキが、たった二十歳で未亡人になってしまったんだって、もとはといえばあなたのしたことなんじゃないの。その責任の取り方がこれだっていうの？　冗談じゃないわ——私、どうしてあなたにクリスタル・パレスにきてもいいなんて許したんだろう。

こんないけすかない、図々しい男だと知っていたら、国境でどれだけ騒がれてもとっくに追い返していたわ。第一婚約のことはあなたを追っ払う口実なんかじゃないわ。それ以外にはもう、聖王家の血筋の継承が出来ないんだから、しょうがないじゃないの。私だってしたくてすることじゃないわ——ただ、聖なる義務だから、そうしなくてはいけない、という——これはもう神様によって、ヤヌスの神によって定められたことなんだから、私はもう、人間の男となんか、恋なんかしないのよ」

「へええ」

イシュトヴァーンは舌でぺろりと唇をなめた。

「本当にもう二度と恋なんかしねえってのか。二十二歳で？　未亡人になったばかりの二十二歳のあまなんざ、『私を慰めて頂戴』って全身で訴えてるようなものじゃねえのか。確かにナリスさまをああいうことにしちまったのは悪かったよ。反省してるよ——だからこそ、いまこうやって、お前にあやまって、なぐさめてやって——でもって、ナリスさまのかわりにお前を抱いてやろう、っていってんじゃねえか。第一、お前」

イシュトヴァーンは一瞬ためらったが、イシュトヴァーンも怒っていたので、そのまま続けてしまった。

「あんなヒョロヒョロの——どころか寝たきりの病人なんかよりか、俺のほうが、なんぼか、いい気持にさしてやれるぜ——あんな旦那とじゃあ、女の悦びだって、そうそうは知らなかっただろう。二十二歳でそんなに凋れちまうなんて、わびしすぎるじゃねえか。だから、お慰めにきてやったんだろうが。有難がられこそすれ、怒られる理由なんか、俺にゃ、わからねえぜ」

「なんて人！　お下品な！　お下劣な！」

リンダはかんかんに怒って、思わず甲高い声をあげてしまった。だが、押さえる気持にはなれなかった。

「なんて人なの。あなたってそんな人だったの——見損なったわ。そんな、イヤらしい人だったのね。女のよろこびですって？　もう、顔も見たくないわ！　とっとと出てってちょうだい——なんて下品なのでしょう。もう、顔も見たくないわ！　そんな——そんなもの知りたくもないわ！——あなたは、私が好きだった初恋のあのイシュトヴァーンなんかじゃないわ。下品で、いやらしくて、女のことなんか道具にしか思ってない、品性下劣なけだものにすぎないわ。よくもまあそんな根性でゴーラの王様になんてなれたものね！　とっとと出ていって頂戴。そうしてもう二度と私の前に顔を見せないで。さあ、いますぐ消えてちょうだい、でないと衛兵を呼ぶわよ。何がどうなろうと、パロとゴーラが大戦争になろうがどうしようが、そんなことかまわないで衛兵を呼ぶわよ！」

「呼んでみろよ。このおてんば」

イシュトヴァーンは一瞬、奇妙な鋭い、射るような目つきでリンダを見た。

その目が意味しているところのものは明白だった——イシュトヴァーンは、かっとしたのにまかせ、そのままバルコニーを踏み越えて、リンダをその両腕に強引に抱き寄せて接吻を奪うかどうか、迷っていたのだ。

リンダの目のなかにちょっとだけ怯えの色が浮かんだ。とたんに、イシュトヴァーンは、肩をすくめた。

「まったく相変わらずだっていったら——そういや、昔は、あの船の上でもノスフェラスの砂漠でも、草原でも……よくお前とは喧嘩したもんだったよな。お前はやっぱりいまみたいにぎゃんぎゃんぎゃんぎゃんわめきたてて——俺はそのたんびに、こんな騒々しくてけたたましくて、向うっ気ばかり強くて何も知らねえガキんちょの女なんざごめんだと思ってさ。なんだか、あのころのことを思い出しちまったぜ」

「な——何よ……昔話なんかして、それで私の気持が軟化するだろうと思っているなら大間違いよ……」

リンダは、思わず、いくぶん弱々しい声になった。

幸いにして、リンダが人払いをしたのがきいていたので、スニがとめているのだろう。誰もやってくる気配はなかった。これだけの声を出したら、もうとっくに、神聖なる女王の身に何か異変が起きたのではないかと、魔道師なり、衛兵なりがとんでくるところであったが、どういうわけかそれもやってくる気配がなかった。リンダはそれについてはあまり深く気に留めず、ただたまたま、自分たちの口論している場所が、あまり声がまわりにひびかない場所だったから、聞こえていないのだろう、とだけ考えていた。本当は、女王宮というのは、基本的に、女性しか出入り出来ない場所であって、衛兵というのもすべて女騎士がつとめるのが原則になっていたので、そこで男性の声が聞こえたりすれば、当然ただごとでないとして、大騒ぎになるはずであったが、おそらくリンダは多少興奮して大声をあげてしまったけれども、イシュトヴァーンの声は低いので、それも聞こえなかったのだろう、とこれまたリンダは勝手に解釈していたのだった。

だが、長い時間、そうやってそこで話をしていればいるほど、危険になってくるのは――自分の名誉も、イシュトヴァーンの身もだ――間違いなかった。

「とにかく、もう帰って。そうして、こんなふうにして夜に無断で高貴な女性の寝室を訪れたりすることはもう二度としないで。もしあなたが私と二人きりで話がしたい、というのだったら、いくらでもそういう機会は作るのだから、イシュトヴァーン」

リンダは強く言った。

「私ももう寝なくてはならないし、次の間に女官たちも待たせたままにしてあるのよ。本当にこんなこと、知られたら大変な問題だわ。――思い出話をするにせよ、これからの話をするにせよ、とにかくこういう方法はとらないでちょうだい。ここはクリスタル・パレスであって、あなたの知っているような、そういうやりかたが通じる場所じゃあないのよ。——ずいぶん堅苦しくはなくなったと思うけれども、それでもやっぱり、こんなやりかたは、まったく誰にも受け入れられないのは間違いないわ。——さあ、帰ってちょうだい。でないと、女官たちに命じて、イシュトヴァーンさまをお泊まりの場所までお送りするように、というわよ。そうしたら、大変なことになるわ」

「それは、お前だってそうなんだろ」

イシュトヴァーンはやっと多少反論したが、だいぶ、リンダのきっぱりとした態度に気持をくじかれたようすであった。

そのいくぶんしょぼんとしたようすをみると、またリンダはイシュトヴァーンが気の毒になってくるのだったが、しかし、それではならじとさらに声を強めて——もっとも小さい声のままだったが——帰るように命じたので、イシュトヴァーンはしょうことなしにからだをやっと起こした。

「まあ、今夜は、悪かったよ。つい、気持がはやっちまって——それと、こういっちゃ何だが、さっき二人で話してるときに、なんとなく気のあるそぶりを見せてもらったような気がしたからさ」

「ま、まあ……そんなこと、私がいつしたと……」

「と、俺は勝手に思っちまったんだが、まあ、勘違いだったんだったら、それはそれってことだ」

イシュトヴァーンは肩をすくめた。ぬっと立ち上がると、イシュトヴァーンは、リンダが見上げなくてはならぬほど背が高く、そして、リンダが最近パロ宮廷で見かけたこともないくらい、肩幅も広く、ほっそりとしてはいたが、とてもたくましかった。――ヴァレリウスもヨナも決して大柄なほうではないし、アドリアンも長身というほどでもない。全体にパロの男性というのは、華奢なつくりであるので、リンダの目には、久々に見たイシュトヴァーンはひどくたくましく、がっしりと男くさく見えたのだった。もっともその前にグインやケイロニアの将兵たちはいたのだが、それに対しては、グインはまったくリンダにとっては特別だったし、ケイロニアの将兵については、あまり関心がなかったから、というほかはない。

「まあ、気を悪くしないでくれ。また明日にでも、話をさせてくれよ」

言い捨てるなり、イシュトヴァーンはひらりとバルコニーから飛び降りた。結構高い場所であったのでリンダはどきりとしたが、次の瞬間にはもうイシュトヴァーンの姿は闇に飲まれるように消えていた。

(なんてこと……まるで嵐みたいに……)

リンダは思わず、自分の胸をそっとおさえた。それから、あわてて窓とカーテンをしめ、奥にいってスニを呼び戻そうとした。

それゆえ、リンダはまったく気付かなかった――気づきようもなかっただろう。イシュトヴァーンの姿の消えたバルコニーの、張り出した屋根の上に、ふわりと黒い、コウモリのような姿があらわれたのだ。

その黒いすがたは、じっと下を眺めていたが、何に満足したのか、そのままふっとまた消滅した。あらわれたときと同様、まるきりまぼろしそのものの姿であった。その出現も、消滅も、とうとう誰にも知られることはなかったのだ。

3

だが、その後、リンダのひそかな危惧に反して、イシュトヴァーンは、意外にもちゃんと約束を守り、『お行儀よく』することにつとめたので、それから数日のあいだ、クリスタル宮廷は、このような物騒な賓客をかかえているにしては、いたって平穏な日々を過ごすこととなった。

イシュトヴァーンは、まるで最初の一日のあいだに自分がくりひろげた騒動が別人のしわざででもあるかのように、たいへん礼儀正しくふるまっていた——もっとも、もともともとであるから、言葉だの、礼儀作法に関する限りは、パロの高家、つまりパロ宮廷の儀礼や有職故実を伝えて、しかるべく看視や監修をつとめる古い貴族の家のようなわけにゆかなかったのは云うまでもない。

だが、イシュトヴァーンは彼なりに、いたって愛想よく、礼儀正しくしようとつとめていることがよくわかるようにふるまっていたので、クリスタル宮廷の人々も、その努力を認めて、イシュトヴァーンの食事のさいのとてつもないお行儀だの、またどうしてもちゃんと敬語を使えないことなどは大目に見ることにしていた。また、そうしなくては、ひっきりなしにもめごとが起きてしまいそうであった。

しかしイシュトヴァーンは、まだ内乱ののちにも多少は生き残っていたパロのうるさがたの年寄り貴族だの老貴婦人だのに対しても、それとなく、贈り物をしたり、愛想よくお世辞をいったりして、彼特有の、天才的としかいえぬ才能を発揮して、いつのまにかそうしたうるさがたたちをきれいにまるめこんでしまった。これは、まさに秘術とさえいっていいもので、いまだに宮殿のなかでは『コウモリ宰相』だの、『あの冴えないちび』だのとひそかに悪口雑言を垂れ流されているヴァレリウスが、さしもの皮肉な観察眼をもってしてもそれだけはたいしたものだと認めざるを得ないような手腕であった。

それゆえ、クリスタル・パレスでは、おかしなことに、このしばらくというものは、まったく、ものごとは賓客ゴーラ王を中心にして営まれてゆくということになった。ゴーラ王がいまや、人気の中心であり、注目の的であり、その一挙手一投足がクリスタル・パレスじゅうのうわさになった。

むろん、最初の日にイシュトヴァーンが不作法に、というよりも非常識にも、独身のうら若い美しい、かれらの女王と「二人だけの一刻」を要求して別室にたてこもったこと、それから公式の歓迎の宴の席をはずして、そのときには多少の供回りを連れていたとはいえ、またまた二人だけでしばらく話をしていたこと——もっとも、スニたち、リンダの供回りがしばらくのあいだ遠ざけられていて、結局リンダとイシュトヴァーンが二人きりでいたのだ、ということはとっくに宮廷すずめたちの口さがないうわさになっていた――などは、どうしても忘れ去られるわけにはゆかなかった。幸いにして、イシュトヴァーンの、これは相当に思いきった、深夜の女王の寝室襲撃のほうは、誰にも知られることがなかったようであったが、もしこれが知られたらいったいどういううわさになったか、わかったものではなかった。その、二つの『余人を遠ざけて親しく女王陛下がお話になった』出来事、というのは、つまるところ、「女王陛下は、もしかして、亡き夫の仇でもあるはずのゴーラ王陛下のことを、かなり異性として意識しておられるのではないか？」という、さんざんな取沙汰を生んでいたからである。

リンダは、だが、そういう意味では聡明な女性であったので、ただちにそれらの宮廷のうわさの底流に気付いて、それをうち消すような、いかにも聡明な、理性的な行動に出るようにつとめていた。もう、リンダは決して、イシュトヴァーンに何といわれようともイシュトヴァーンと二人だけでの時間を持とうとはしなかったし、皆と一緒の席にいるときにも、イシュトヴァーンに特別の親しみを見せたり、また、イシュトヴァーン相手に、草原にいたときやレントの海の思い出話を持ち出すことは一切避けるようにした。そうして、イシュトヴァーンがそういう話を持ち出そうとすると、いつもやんわりと話をそらしてしまい、いま現在の話や、ゴーラの話などに持っていってしまうのであった。イシュトヴァーンも、そのリンダの意図に途中から気付いたように、しだいにそういうようすを見せなくなり、リンダに対しても、ただひたすら、外交使節のように愛想よく、ますますお行儀よく接するようになってきていた。

皮肉なことに、イシュトヴァーンがそのようにおとなしくなると、リンダのほうは少し物足らなかった——これは、リンダは、残念そうにスニにむかって認めざるを得なかったことであった。リンダ自身はまったくイシュトヴァーンの求婚を受け入れるような気持はなかったのだが、それでも、まったくイシュトヴァーンがそういうようすを見せない、となると話が違っていた——女ごころとは、ことにうら若い女ごころとは、まことに複雑なものである！　リンダは、あくまでも、イシュトヴァーンと結婚する気もなければ、イシュトヴァーンと恋におちるつもりもなかったが、しかし、イシュトヴァーンのほうには、あまりにも公式的な、儀礼的な態度だけとっていてほしくはなかったのである。もっとも、リンダはおのれの事情も、諸般の事情もよくわきまえていたから、そういう自分のちょっとした残念な気持、本当はイシュトヴァーンにやや強引な求婚を続けていてほしかったり、それを自分は手厳しくはねつけるものの、本当はそれを乗り越えてもっと強く迫ってきてほしい——とはいうものの、どれほど強く迫られても、受け入れるつもりはなかったのだから、まことに女ごころとは複雑かつ身勝手なものではあったが——という内心のひそかな願望や葛藤を、スニ以外のものには決してあらわしたり、ちょっとでも感じさせるような態度をすることはなかった。

しかし、パロ宮廷は久々に活気づいていた――長いあいだ、クリスタル・パレスは、こうした、賓客を迎えての、毎夜の饗宴だの、また日中のさまざまな行事だの、そういう華やかなことがらに飢えていたのであった。

先日、グインがパロに滞在したときにも、いくつか、そのような宴が行われて、パロの宮廷人たちのかつえと、華麗な社交界への飢えをずいぶんと満たしてくれはしたのだが、そのときには、パロの経済状態は最悪であって、正直、グインと、それを迎えにきたハゾスを筆頭とするケイロニアの使節団をもてなすのは、パロにとっては、非常に頭の痛い問題であった。ヴァレリウスはあちこちから血の出るような思いでかきあつめた貴重な国庫金を、それらのもてなしのために容赦なく吐き出させられなくてはならないので、ひどく機嫌が悪かったし、ケイロニアの使節団とのあいだにさまざまな条約や契約が成立したからこそ、多少その機嫌の悪いのも直りはしたが、それは、ただちにいますぐにパロをうるおす、というわけにはゆかなかった。

それに対して、イシュトヴァーンがやってきたときには、その、ケイロニアの申し出たいくつかの援助はすでに端緒についているところであった。軍事的にも、ケイロニアの二大隊がかわるがわる駐屯して、パロ国民とクリスタル・パレスとを、やや安全に守ってくれるようになっており、しかもその交替の費用は、ケイロニアからの親切な申し出で、ケイロニアが負担してくれることになっていた。それだけでも、いまのパロの軍事的な極端な《無力さ》に対して非常に気にしていたヴァレリウスはほっと愁眉を開いたのであったが、その上にケイロニアから、かなり多額の、無償の経済援助と、そして有償ではあるが無利子の経済援助とが提供されたので、パロの財政状態は、相当に――まだ、完全に、とはいえないのが、悲しいところであったが――回復のめどがたっていた。

そこにイシュトヴァーン一行がやってきたのだから、本当ならば、「せっかく、少し金が出来たというのに、また宴会か」とヴァレリウスが慨嘆してもやむをえないところであったが、イシュトヴァーンが、おのれの率いてきた騎士たちを大半ユノに残した上、かなりの手土産を提供してくれたので、イシュトヴァーンの滞在は、逆にパロにはあまり負担をかけないものとなっていた。イシュトヴァーンが手土産に持ってきた黄金や火酒は、イシュトヴァーンを歓待する費用を十分すぎるほどに上回っていたのである――とはいえ、本当は、一千人の騎士団がクリスタル・パレスに滞在することになったなら、当然それでは足りなかっただろうが、騎士団はユノにとどまっていたので、ヴァレリウスは、クリスタル・パレスの安全、という見地からも、また費用的なものからも、本当にほっとしたのであった。というのも、クリスタル・パレスで、その一千人の騎士たちも多かれ少なかれ饗宴に参加してもてなされることになるのと、ユノでそれなりの待遇は受けるものの、とりあえずあるじの移動を待って駐屯しているだけであるのとでは、その滞在費は著しく異なるものがあったからである。

そのようなわけで、イシュトヴァーンがごく少数の供回りだけをひきいてクリスタル・パレスに入ったために、クリスタル宮廷の財政状態は、さほどおびやかされぬままであったし、イシュトヴァーンの気前のいい手土産のおかげで、連日の宴会や、またもてなしの行事にも、ヴァレリウスはあまり頭を痛めないですんでいたのであった。それに、イシュトヴァーン自身が、そんな特別待遇や、贅沢なもてなしなど、要求しようとはしなかった。

「俺は気楽なのが一番いいので、出来ることなら、あんまり大仰な宴会だの、なんだのはやめといてくれないかな」

イシュトヴァーンからそのような申し出があったのを、ヴァレリウスは心から歓迎した。また、イシュトヴァーンをもてなすべく、まだ内乱ののちにも多少の余力を残していた大貴族たちが協力してくれ、次々とイシュトヴァーンをそれらの大貴族主催の晩餐会に招待したり、昼間の軽い午餐会や、またちょっとした気晴らしの遠乗りなどに招待してくれたのも、ヴァレリウスにとっては、すこぶる有難いことであった。マール公や、ベック公夫人、カラヴィア公——これは、息子のアドリアンもこの件からは極力遠ざかるようにつとめていたから、あくまでも「カラヴィア公代理」の行事であったが——それにジェニュアの祭司長が協力して、次々とイシュトヴァーンを招き、なかにはリンダもともに招かれることもあったが、そうでないものも半分以上あったので、リンダもまたずいぶんと、イシュトヴァーンにつききりでもてなす必要がなくなって助かっていた。

もっとも、やはり、それらの貴族たちの行事のあいだには、クリスタル・パレスの公式行事としてのもてなしがさしはさまれなくてはならなかった——それはべつだん、ゴーラ王イシュトヴァーンだから、ということではなく、こうした場合の——他国の王が賓客として訪れたような場合のパロの慣例であったからである。もっともグインについては、例の如く経済的な問題もあったし、またグイン自身が最初は怪我をおっていて健康状態が非常によろしくなかったり、その後も記憶を取り戻すための治療をずっと続けていたりしたので、そのような行事がひんぴんと行われることはなかったのだが、それはあくまでも特殊な場合だったからであった。

イシュトヴァーンは、内心では面倒がっていたのかもしれないが、いたって愛想よく、それらの行事を受け入れ、こなしていた。ことに、宴会よりは遠乗りのほうに多く興味を示したものの、宴会もちっともイヤがらなかった。イシュトヴァーンにとっては、正直のところ、御馳走そのものはどうでもよく、とにかく大量の酒さえ並んでいればいいのであった。それが、だんだんわかってきたので、イシュトヴァーンを招くものたちは、極力イシュトヴァーンの好みの強烈な火酒と、それにあったちょっとしたさかな——干し魚を焼いてむしったものだの、乾果だの、といったものを欠かさないようにした。イシュトヴァーンは、最初は多少不機嫌なようにみえたとしても、最初の一杯を飲み、それから二杯、三杯と重ねてゆくにつれて、必ず上機嫌になって、きわめて愛想よくなり、目を丸くしてイシュトヴァーンに《たかって》いるクリスタル宮廷の貴婦人たち――その華やかさも、ずいぶんとかつてに比べれば小規模になっていたものだが、それでもまだそれなりに華やかだった――に、大法螺としか聞こえない壮絶ないくさ話を披露してきゃあきゃあ云わせたり、盗賊だったり海賊だったりしたころの昔話をして若い公子たちの血をわかせたり、たいへん愛想のいい賓客としてふるまっていた。それは、かつてのイシュトヴァーンだったら、とうてい出来ないような振る舞いだったかもしれないが、いまのイシュトヴァーン、というよりも、酒の力を借りたイシュトヴァーンには、べつだん、チチアの飲み屋の店さきで、目を丸くしている娼婦たちに法螺をふきまくっているのとかわらなかったのだ。そもそもイシュトヴァーンは、由緒あるパロの貴婦人たちだから、などという手加減はまったくしようともせず、けっこう卑猥な話もしたり、きわどい話もしたので、貴婦人たちは悲鳴を上げたり、真っ赤になったりしたものの、内心では、このような上品ぶった宮廷ではめったにきくこともない、そういう露骨で下卑たくすぐり話やとんでもない話をきくことを、ひそかにとても楽しんでいた。それで、イシュトヴァーンの主賓としての人気は、あがるばかりであった。

これは、だが、リンダにとっては、いささか面白くないことでもあった。もっともリンダはいたってお行儀よくして、イシュトヴァーンがほかの貴婦人たちに取り囲まれてめったやたらにもてているときにも、決してそれにむっとしたり、まして嫉妬しているような顔は絶対に見せまいとした。しかし、相当に意地の悪い——宮廷の貴婦人たちなどというものは、意地の悪いのが商売のようなもので、それはケイロニアであれパロであれ、変わらなかったのだ——貴婦人たちのほうは、それでもなお、「女王様の美しいお眉がしかめられた」だの、「＊＊姫があまりにゴーラ王陛下のお気に召されたようだったので、女王陛下はとても早めにお帰りになってしまわれた」などということをひそひそとささやきあっては、おおいに楽しんだのであった。

いずれにもせよ、それは、思いがけないほどに、クリスタル宮廷の社交界が、久々に活気づいたひとときにほかならなかった。貴族たち、貴婦人たちはみな、イシュトヴァーンが何のために来都したのかよくわきまえていたし、それについてもさんざん、ひそひそとうわさ話のタネにしたのだが、「それはそれとして」イシュトヴァーンが滞在していることで繰り広げられることどもを存分に楽しんでいた。それは、奇妙なことであるが、「女王」が君臨している社交界であるかぎり、どうしても得られない賑わいであり、華やかさであった——イシュトヴァーンは粗野でもあったし、不作法でもあったし、とてつもない乱暴な口をきいたのだが、しかし、若くてハンサムで、背の高い、かつてはアムネリスという妻がいたとはいえ、現在はれっきとした独身の男性であり、しかも、多少かげりのある、悪っぽい魅力までもたっぷりとたたえた美青年であった。リンダがひそかにくやしく思ったことには、結局のところ宮廷の賑わいというものはその主人公によって決定づけられてしまうのである——そうして、世間一般の想像とはうらはらに、いかにリンダが若く、美しい独身の女王であったところで、それに色めきたつのは独身男性で、少しでもリンダの相手になれそうな可能性のあるものだけだったのだ。

それに、リンダ自身も、なってそれほど間のない未亡人でもあったし、いつも黒衣に身をつつみ、亡き夫に貞淑に、謹厳であることをもって旨としていたのだし、それよりも何よりも、リンダ自身の性格が、決してイシュトヴァーンのような、野放図に明るく底抜けな破天荒な部分を持ってはいなかった。皮肉にも、イシュトヴァーンの訪れによって、リンダははじめて、「弟レムスの苦衷」をわがこととして理解することになったのだった。

「私、レムスの気持をもっとわかってあげなくて、本当にすまなかった、という気持になったわ」

イシュトヴァーンがことに人気をあつめた遠乗りと巻狩りの企画のあとで、夜、自室でぐったり疲れたからだをベッドに投げ出したリンダは、スニにそう愚痴をもらした。

「イシュトヴァーンはとても人気絶頂で、若い姫君たちなどは、こぞってイシュトヴァーンのそばによりたがって、ばかみたいだったわ。みんなして、イシュトヴァーン様、イシュトヴァーンさま、ともてはやして、それにまた──こういったら不公平かもしれないけれど、あいつってば、ばかみたいに鼻の下をのばして、誰にでも調子のいいことを云って。──私だって本当は馬に乗って駈けたら気持だっていいし、うんと暴れまわりたいところだけれど、私は女王じゃない？　だから、そうもゆかなくて、おっとりとほほえんで『まあ、イシュトヴァーンさま、素晴しいお手並みですわね、ほほほほ』なんてかたわらのおじいさんたちに云ってるだけ。──それでもう、本当に気疲れしてしまったから、先に戻ってきてしまったのだけれど、そのとき、帰り道でなんだかつくづくうらぶれた気持になったり、仲間外れになった気持になったり──私がパロの女王なんじゃないの！　なんだって、あんたたちは、そんなふうに、私に求婚にきたゴーラの無法者の王をもてはやすのよ！　って叫びたい気持になったり。──きっと、レムスは、ナリスが宮廷じゅうの人気を集め、注目され、ちやほやされているあいだ、ずっとこんな気持だったのでしょうね。あの子は要領も悪いし、あまり愛想のいいほうじゃないし……それに、あのころは特に暗くなっていたわ。いつも、ナリスと自分を比較して、ひがんだり、ねたんだり、それんだりして、いっそう暗くなっていた。そんなふうだからよけい、みなから敬遠されて、みんな、とにかくレムスが帰ってから楽しもう、というふうだったし。──私、そういうとき、平気であの子が帰るのを待って、自分も楽しんでいたけれど、自分がそういう、『先に帰って皆をほっとさせてやる』立場になると、こんなにわびしいものってないのね。私、本当にもっとレムスのことをわかってやればよかった。——そうして、なんだか、とぼとぼと先に宮殿に戻りながら、思っていたわ。ああ、それじゃ、やっぱり私って、レムスの双子の姉なんだわ。決してナリスだったり、ましてやイシュトヴァーンだったりは出来ないんだわ。私がいかにはじけてみせたって、決してクリスタル宮廷にはイシュトヴァーンがいま引き起こしている半分の賑わいも引き起こせやしないわ、って」

「そんな——そんなコトないよ、リンダさま」

心外そうにスニが慰めてくれる。スニは、リンダがほかの誰かに、どういう意味であれ、ちょっとでもひけをとる、などという考えには、まったく賛成するつもりがなかったのだ。

「リンダさまとても人気者だよ。どの若い男の人もリンダさま好きね——スニしってるヨ」

「かもしれないけれど……」

リンダは、ほっ、と深い吐息をもらした。

「でも、イシュトヴァーンを見ていると、つくづく思うの。——ああ、やっぱり、国家というものは、本当は女王ではなく、男の国王におさめられているのが正しい姿なんだわ、って。——女王といっても、もっと年を取って、うんと世慣れて、いろいろなことがうまくさばけるようになってしまえば、それはまた全然別なのかもしれないけれど。つまりは、女でなくなってしまうことが出来るのならね。——でもいまの私では全然だめ。私、イシュトヴァーンを見ていて、本当に感じるところがあったわ。ああ、そうなのか……つまりは、若い女の子たちが、きゃあきゃあ云わなくては、宮廷は賑わいはしない、ということね。若い姫たちがきゃあきゃあいうと、それに対してまた若い貴公子たちがわいわいいって、それで宮廷はおおいに盛り上がるの。でも、若い貴公子たちが私をいかにちやほやしてくれても——そうなると、若い姫たちは、むっとしたり怒ったり、宮廷に出てこなくなったりしてしまうのよ。そうすると、本当に宮廷は盛り上がらないの。——まあ、これまでのパロ宮廷は、お金がなくて、盛り上がろうにも、とにかく、社交界なんか、維持していられなかった、ということもあるけれども。——でも、とにかく、私には、イシュトヴァーンの真似は出来ないわ。そのことが本当によくわかったわ。——私は、結局、レムスの姉なんだわ。どちらかといえば、暗くてさびしくて……だからこそ、光り輝くような男性の力を必要とする……そうね、ナリスやイシュトヴァーンがルアーの光なんだとしたら、ひっそりとした小さなイリスみたいな……」

「そんな、ソンナことないヨ！　リンダさまきれい、とってもきれい。スニだいすき」

「ありがとう、でも、そういう問題じゃあないのよ」

リンダは苦笑するほかはなかった。スニを抱き上げ、そのちいさなあたたかいからだを抱きしめていても、リンダのおもてはどこかかげっていて、どうしてもすっかりは晴れなかった。

「私、ずっと、自分が本当にパロの女王に向いているなんて思ったこともなければ、そうなりたいなんて思ったことだってなかったし――本当は、こんりんざい、そんなものになるものかと思っていたのよ。だのに、よんどころなくそういうことになってしまって――それなりに覚悟は決めていたはずだけれど、なんだか……とても疲れたわ。本当に疲れてしまった。……ディーンが、ああいう気性でなければ、もう本当にディーンにとっくに王位をゆずって、とっとと――私は、そうね……私はマルガに引っ込んで、ナリスの後世をとむらいながら、ひっそりと暮らしたい、と思うんだけれど。――でも、ディーンでは……」

またしても、リンダは溜息をついた。

「それでも、ディーンなら……けっこう、場合によっては、宮廷を盛り上げたり、にぎやかにしたり、華やかにしたりは出来るかもしれないわね。踊ったり歌ったりはお得意だし、女の子たちには、えらく人気のある人のようですもの。でも、あの人が王様になったら、パロは滅びてしまうわ。――ひどい言いぐさかも知れないけれど、私はひそかにそう思っているんだわ。あの人は王様にはとことん、向いていない人よ。私が女王に向いていないより、もっと向いていない人よ。それがわかっているから——いまは、私がやるしかないから、というだけの理由で私はやってるんだけれど……」

リンダは、そのあとは、口をつぐんでしまった。そのあと、彼女の胸のなかにこみあげてきた思いは、忠実なスニにさえ、云うわけにはゆかなかったからだ。

（もう、いっそのこと——イシュトヴァーンが、有無を云わさず、私をゴーラにさらっていってくれたらいいのに……）

本当は、自分はそれを望んでいるのか、それともおそれているのか、リンダにはわからなかった。だが、ただひとつ確かなのは、自分は、いつも喪の黒衣に身を包んだ貞潔で厳かな、「パロの聖女王」でいることになど、ちっとも喜びを見出してはいないのだ、という事実だけだった。

（私は、ナリスと結婚して……最初のうちはとても楽しかったけれど、ナリスが病人になってしまってからはもうずっと、若い身空を看病に捧げてきたわ……）

リンダは、誰にもいえぬ思いに、そっとくちびるをかみしめていた。

（そうして、未亡人となって、こんどは黒衣しかまとわない、もっとも忠実なパロの女王として、この国に青春を捧げている。——これが私の人生なのかしら。私はもう、一生、本当に恋することも、恋愛の冒険をすることもなく、この国のためにだけ生きてゆくのかしら……）

そう思うと、リンダのまだ若い胸のなかには、強くこみあげてくるものがある。イシュトヴァーンの活気にみちた、荒々しく生命力が躍動するようなすがたを見るたびに、リンダは、その悔いにも似た思いに胸が疼いてならぬのだった。それは、若き無法なゴーラ王の突然の来訪がもたらした、もっとも大きなリンダへの影響であったかもしれぬ。

4

そのようにして、しばらくのあいだは、思いがけないほど平穏な日々がパロ宮廷に過ぎていった。

宮廷びとたちは、ゴーラ王の滞在にかなり馴れてきて、それをパロ宮廷のちょっとした景観、とも見なすようになってきていた。宮廷が活気づいてきたので、うわさをきいて、自分もゴーラ王に会見したいもの、できればなんらかのおこぼれを頂戴したいものと、これまでしばらく伺候していなかった宮殿にやってくる貴族、地方貴族たちも少しづつ増えてきたので、謁見の時間はいつもよりぐっとにぎやかになったし、そうしてやってきた貴族たちがそれぞれに手土産を持参したりするので、宮廷そのものもかなり活気づいていた。つねにやりくりに頭を痛めているヴァレリウスにとってはそれはとてもありがたいことであったが、ひとつだけ難儀をしなくてはならなかったのは、ゴーラ王がいくつか、ヴァレリウスには解決のしようがない――というかする気のない難題を持ち出したことであった。

「ヨナはどうしたんだ？」

しばらく、宮廷儀礼に愛想よくつきあっていてから、イシュトヴァーンは、それまで本当はずっと内心にひそんでいたらしい疑問を、リンダにでは悪いと思ったのだろう、ヴァレリウスに対して持ち出してきた。

「俺は、ここにくりゃあ、昔馴染みの古いダチのヨナ公に会える、と思って、それも――もちろん今回の訪問のおもな目的は目的として、それも楽しみにしてきたんだが、これまでのところいっこうにやつの姿を見ねえ。まあ、ああいうやつだし、学者だから、貴族の宴会なんかには来ないんだろうと思って、そのうちなんかのかたちで挨拶にきたり、消息を知らせてくれるだろうと思ってたんだが、いっこうにそういうきざしもない。やつは、いま、この宮廷にいねえのか？」

「それが、その」

ヴァレリウスは、一応ヨナについては答えを用意してあったので、とどこおりなく答えた。

「ヨナ元参謀長は、現在のところ、御自分の学問の研究のために、クリスタルをはなれていられまして、しばらく戻ってこられないことになっていまして――イシュトヴァーン陛下がおこしとあらば、それなりに予定も考えたかもしれませんが、そのようなことがあろうとは思いもしておりませんでしたので……」

ヴァレリウスは、どうしても、ちくりとときたま、イシュトヴァーンの非常識な訪問の非常識さについて、皮肉を言わずにはおられなかった。

「たいへんにその、前触れなしの唐突なおこしでございましたので……」

「えい、うるせえな。もう、それについちゃ、さんざんあやまった上に、手土産までやったじゃねえかよ」

その点では、イシュトヴァーンのほうが相当にしたたかであった。いったんわびて、宮廷で受け入れられたと感じると、もうそれほど、いつまでもそれについて、ひけめを感じているような性格ではなかったのだ。

「ヨナはじゃあ、どっかに旅してるってことか。どこにいるんだ？　ここから、知らせなり、使いなりを出して、俺が滞在してるあいだに戻ってくるようには出来ないのか？」

「それが、ヨナ博士は当分政治面からは手をひいて、自分の研究に専念したい、という御希望でしたので——いま、どちらの方面においでか、それについては私どもにはわかりませんし、また、あちらから手紙などがこないかぎり、どこにいられるのかもわからないような、そういう状態なのですが——ところで」

これをよいしおにと、ヴァレリウスはすかさず切り込んだ。

「陛下は、パロ御滞在はいつまでの御予定で？　いろいろと、こちらにもご歓待の都合もございますが、陛下とてもゴーラ王として、中原でもっとももご多忙でもあられるかたのこと、そうそう長いあいだ、パロにご逗留なさっているというわけにもゆかれまいかと案じているのでございますが……」

「早く帰れよ、用がすんだらとっとと帰ってくれってか？　あんだけ、てめえの飲みしろはてめえで持ち込んだじゃねえかよ。まだ足りないってんだったら、また国もとから、いくらでも送ってこさせるぜ」

ヴァレリウスが自分を歓迎していないことくらい、イシュトヴァーンは百も承知である。べつだん憮然とするようすもなく、元気いっぱいに切り返した。

「あいにくだけどな、俺はパロでいくつか用があって、やってきたんだ。その、中原一ご多忙ってやつをおして、だな。むろんそのひとつは、リンダへの求婚で、これが最大の用件なのは認めるよ。だが、ほかにもいくつかあって、それがすまねえと、俺は、なかなかこっちゃ、イシュタールに戻るわけにゃ、ゆかねえよ。そのどれも、ほかのやつなら知らず、俺にとっちゃ、けっこうのっぴきならない用件なんだからな。それにいちゃ、カメロンにも、俺は用が全部終わるまで帰らねえから、そのつもりで留守を預かってろよ、ってちゃんと言い残してきた。もしも、俺の滞在費や、ユノにおいてあるやつらの食いぶちがしんどくなってきた、ってんだったら、率直にそういえよ。俺も、ただ逗留して、パロの金でただ飯を食わせてもらうつもりなんかねえから、すぐに、また、追加できゃつらの食いぶちくらい、払うよ。てめえの飲みしろもな」
「いや、そ、それは、沢山にご協力いただいておりますし、それについてはなになので
ございますが——その、のっぴきならぬご用件とは……」
「だから、まあ、ヨナに会いてえなと思ってさ」
イシュトヴァーンは肩をすくめた。
「正直いうが、俺は、ヨナさえ承知してくれるんだったら、ヨナをイシュタールに参謀
として迎えたいんだ。あんたんとこももちろん、人材不足で、ああいう頭のいいやつは
貴重だろうから、なまなかなこっちゃ、譲ってもらえねえだろうが——それに、以前に
ヨナに、一緒にゴーラにこいよと誘いをかけたときにゃ、にべもなく断られたがな。し
かしあれから時間もたってる。ヨナの気持もかわってるかもしれねえし、はっきりいっ
て、今回はかなりいい扱いを約束してやるから、俺の参謀兼相談役として、ぜひともイ
シュタールにきて、ゴーラの参謀長になってくれ、という、そういう話をするつもりだ。
いま、もう、パロの政治にかかずらわってねえっていうんだったら、いっそうちょうど
いいや——パロだって、ということは、いまの態勢はヨナ抜きでやってんだろう。だっ
たら、俺が貰ってっても、べつだん文句はねえはずだよな」
「い、いやそれは……それは困ります」
これは、ヴァレリウスの予想していなかった切り口であったので、ヴァレリウスは、

彼らしくもなく少々しどろもどろになった。そのことに内心でかなり腹をたてはしたが。

「ヨナ博士は我が国にとっては二人とない貴重な人材でございまして……」

「だから、そいつはわかってる、だがいまはそういうことなら、パロの国政にたずさわってはいねえんだろう、っていってんじゃねえか」

イシュトヴァーンはつけつけと云った。

「だったら、いいじゃねえか。ヨナをよこせよ。かわりに誰か欲しいなら、こっちから――そうだなあ、ケイロニアの将軍なんか常駐させとくこたあねえ。俺が、ゴーラ兵をひきいて、しょっちゅうクリスタルを守りに駐屯してやっててもいいぜ。むろん、まあゴーラといったりきたりにはなるだろうがな。かわりに俺の右腕のヤン・インてやつをパロにとめとこうか。いま、もうひとりの右腕――いや、左腕なのかな、ウー・リーってのは、モンゴールにいてな。けっこう、頑張ってるぜ。だから、ヤン・インをこっちにおいといて、千か二千もたせてパロの守りの助けをしろといっときゃ、あんたんとこは、ケイロニアの兵隊を養う手間がはぶけるんじゃねえのか？　むろん、ゴーラだったら、てめえの兵隊を貧乏なパロの金で食わせろなんてこたあ云わねえぜ。ちゃんと、食いぶちくらいは持ってくるさ」

「あの、これは、正式の外交の――会談のお話だと思ってもよろしいのでしょうか？」

たまりかねて、ヴァレリウスは叫んだ。

「それとも、茶飲み話のたぐいだと考えたらよろしいのでしょうか？　そのような重大なお話を、このような……いうなればごくふだんの世間話のようには、とても、その……」

「相変わらず、堅苦しいことばっかりいうぜ。べつだん、正式の会談だろうと、世間話だろうと、同じじゃねえか」

イシュトヴァーンは無法にうそぶいた。

「俺んとこじゃ、そんなふうに、正式の会談でなきゃものごとは運べねえなんていうふうにゃ、しねえんだ。思ったことはちゃっちゃと実現する——それが、ゴーラ王のやりかたでな。でもって、もうひとつなんだが」

「は、はあ」

「そのうち、マルガにお詣りして、ナリスさまのお墓があんだろ。それに、もうでたいと思ってるんだが、それについちゃ、近々にはからってほしいんだがな。それは、文句ねえだろ」

「は——それは、リンダ陛下にはかりまして、その上で、日程など決定いたしまして、マルガのほうにも通告いたしまして、そののちに……」

「なんだよ」

イシュトヴァーンは口をとがらせた。

「それも、たったそれだけのことでも、そんなに面倒くせえのか、パロでは？　俺は、よけりゃ、明日にでもひょいと、ちょっと遠乗りのつもりでマルガまでひとっ走り、馬車か馬を走らせればいいんじゃねえかと思ってたんだが」

「それは、そうは参りません。それに、こう申しては何ですが、マルガの市民たちは、ゴーラ軍によってかなりの被害を受けた者が多うございますので、イシュトヴァーン陛下が、供回りもあまりお連れにならず、マルガを御訪問になろうものなら、かなり感情的になって――その」

「俺に、ナリスさまのことだの、マルガを奇襲したことだのの、復讐をしようとするバカがいる、ってことか？」

「バカ――かどうかはともかく……そのようなことが、決してないとは、私どもでは断言はいたしかねますので」

「あいかわらず、まわりっくどい言い方でくねくねと云いやがるな」

イシュトヴァーンは苦笑した。だが、自分でも、その言い分がかなり強引であることだけは、理解していたようだった。

「ま、いいや。そのマルガについちゃ、そうしたら、あんたがうめえこと《はからって》くれさえしたら、俺もナリスさまの廟に参拝できる、ってことだろ？　お忍びでも内緒でもなんでもいいよ。べつだん公式行事じゃなくてもかまわねえし、こっそり夜中に俺だけ連れだしてくれるんでもいい。とにかく、俺は、ナリスさまのお墓の前で、お詫びをしてえんだ。あんときは、俺がいけませんでした――黒魔道師にあやつられて、気が狂っていたんです、どうかお許し下さい、とひとことな。それを云ってわびるまでは、どうしても気が済まねえから、それもいつか絶対に、それもなるべく早い時期に決着をつけたいと思ってたんだ。なんというかな。こう――」

イシュトヴァーンはおのれのたくましい胸をさすってみせた。

「胸が、すっきりしねえんだよ。いつもいつも、こうナリスさまのことが頭……なのかな、腹なのかな、そのあたりにひっかかっててさ。――だが、パロにきてみたら、案外に歓待してくれるじゃねえか。だから、じゃあ、怒ってるのはリンダだけなのかな、だったらリンダに本気であやまればいいのかな、とにかく、なんとしてでも、パロの人たちに、俺が後悔してる、そうしてこれからパロと本気でつきあいたいと思ってる、パロのためによくしたいと思ってる、そうして出来れば、パロの女王をゴーラ王妃に迎えて、両国の繁栄のために尽くしたいと思ってるんだ、ってことを信じてもらいたいんだ」

「それは、しかし」

ヴァレリウスは、リンダからすでに、リンダがイシュトヴァーンにアル・ディーンと婚約している、といってきっぱりと断った、と聞いていたので、いくぶん眉をひそめながら云った。

「現在の状況ですと、なかなか不可能なようですが。――いえ、ゴーラとパロが正式の国交を再開し、いろいろもろもろの条約を締結し、一応、相互不可侵条約や、和平条約、通商条約などを結ぶ、ということについては、少しも不可能だとは思いませんが――条件しだいで、ということになりましょうが――しかし、その、リンダ陛下をゴーラ王妃にお迎えになる、というのは、なかなかに困難なものがあると思いますが……」

「あの、リンダの婚約したのどうのっていうよた話だろ」

イシュトヴァーンは、いっこうに気にしていないように云った。

「まあ、それについちゃ、そのうち、もうちょっとリンダにはっきりさせてもらおうと思ってるんだがな。なんとかいう王子――ナリスの弟だって？　それと婚約してるんだって？」

「さようです。リンダ陛下は、ナリス陛下の弟ぎみ、アル・ディーン王子と内々に婚約をかわしておられます」

「そんな王子がいるなんて、俺は初耳だったんだが。今回突然、俺が求婚にきたとたんに、ふってわいたみたいじゃねえか」

イシュトヴァーンは鋭いことをいった。

「まあそういう王子がいねえこともなかったのかもしれねえが、どっかにないないしてて、俺が出てきたから、急いで引っ張り出してきたんじゃねえのかい。なんか、そんな気がしてならねえな。そもそも、ナリスさまに弟王子がいるなんて話、中原じゃ、ちょっとも有名じゃねえじゃねえか」

「それは、たまたまイシュトヴァーン陛下がご存じなかっただけではないかと」

ヴァレリウスは、しだいに話が核心にふれてきた、と信じたので、おもてを引き締めて答えた。

「アル・ディーン殿下の存在は、確かに途中からいろいろなことがあって、おおやけの場には出ておいでにならなくなりましたが、どの宮廷でもちゃんとご存じのことだったと私は信じております。――いろいろ事情がありまして、アル・ディーン殿下はいわゆる外交的な立場でいろいろと仕事をなさる、おおやけに出られる、ということはなさってておられませんでした――というのも、お母上が、ナリスさまのご母堂とは違っておられたり、いろいろとございましたので。しかし、このさい、レムスどのも隠退なさり、ベック公もまだご体調が悪く、というような状況になりまして、げんざいのところ、ディーン王子殿下が、パロ聖王家の唯一の――あ、いや、直系として一番近いところにいるとしてはこのかたが一番近い男子でおられます。むろん、ほかにも、いろいろと傍系はございますから、聖王家の血筋が、このかたがいなくなれば絶えてしまう、というようなことはございませんが」

ヴァレリウスは、イシュトヴァーンがきわめて無法な手段――リンダに求婚する邪魔者として、アル・ディーンを捜し出して《消して》しまう、などという手段に出ることをひそかにひどくおそれていたので、あわてて付け加えて云った。

「リンダさまさえおいでになれば、あとは、傍系の親戚の男子のかたとご結婚なさってもパロの血筋は続きますから――しかし、ゴーラと婚姻を結ぶ、というようなことは、そういうわけで、不可能でございまして」

「それについちゃ、またあらためて話をしよう。リンダもいる席で、公式にでもいいし、何回か非公式の話し合いを重ねてから、あらためて公式の外交交渉としてはじめてもいいからさ」

イシュトヴァーンは、さすがに、もうはやかつてのただの野性児ではないところを見せた。

何年ものあいだ、まがりなりにもゴーラ王として一国をおさめてきたのだ。態度は相変わらず粗暴なままでも、ずいぶんと、彼なりにいろいろと学びもしているし、馴れてもきたのだ、とヴァレリウスにも感じさせる言い分であった。

「さようでございますか――しかし、パロとしては、非公式であれ公式であれ、また外交交渉であれ、どのようなかたちでお話し合いを重ねようとも、女王陛下のご意志も、また私どもパロ政府の事情も、どうあれ御希望にそえるようなかたちにはいたしかねるかと思うのでございますが」

「まあ、だから、それについちゃ、また話をしようといってるじゃねえか。――その女王陛下のご意志についてだって、いつなんどき、どう変わらねえものじゃねえんだからさ。ほら、女心と辺境の天気っていうだろ」

「はあ……」

「それよりも、もうひとつ……」

イシュトヴァーンは、ゆっくりと、ずい、と身を乗り出した。

ヴァレリウスは、はからずも、目の前でイシュトヴァーンのからだがぐいと大きさを増したような圧迫感に襲われて、心ならずもちょっとあとずさりした。――二人は、イシュトヴァーンからの「内密に宰相と話がしたいんだが」という申し出によって、宰相の応接室で人払いをして話をしていたのだが、あいだに大きなテーブルがあるにもかかわらず、ヴァレリウスは、思わず、イシュトヴァーンがそのままおのれにおどりかかってえり首をつかみとろうとするかのような錯覚にとらわれてしまったのだ。

「は……」

「聞きたいことがあったんだ」

イシュトヴァーンはゆっくりと云った。

その黒い目が、きらきらとあやしいたくらみをひそめて輝いた。

「それが、俺が、女王陛下のお許しを得るのも待てないで、強引にパロにやってきちまった、最後の理由、ってことなんだがな。むろん求婚も大事だし、ヨナの引き抜きもあるし、それに、マルガに参拝してお詫びをしてえのも嘘じゃねえ。もろもろ、パロとのあいだに国交を樹立する交渉をするのも、俺の考えのうちだ。だが、その前にもうひとつだけ、どうしても俺がクリスタルにやってこなくちゃならなかった理由ってやつがあるんだ」

「は……はあ……」

「どうやら、心当たりのありそうな顔だよな、ヴァレリウス宰相閣下」

イシュトヴァーンはいささか皮肉っぽい微笑みを浮かべた。

頬に傷が走っているいまとなっては、その笑みは、かなりゆがんだ、強烈な表情となって、いっそうヴァレリウスをおびやかした——むろん、イシュトヴァーンの云いたいことはヴァレリウスにはよくわかっていたし、だからこそ、それに対してもさんざん対策は協議してもあったのだが。

「ここに——このパロに、クリスタルに、俺の子どもがいるんだってな。ヴァレリウス宰相」

一語一語、区切るようにはっきりとさせながら、イシュトヴァーンがそのことばを発する前から、ヴァレリウスには、イシュトヴァーンが何をいうのか、はっきりと予感されていた。

「それは……あの……」

「それはあのじゃねえよ。——俺が、アムネリスの侍女のフロリーをほんの気まぐれに手をつけて、それでフロリーのやつは気が小せえから、アムネリスに怒られるのをおそれて、あわててモンゴールの金蠍宮から逃亡しちまったんだ。もう、三年くらいも前のことになるかな。そのあと、だが、フロリーは、たった一度俺に抱かれただけでガキをはらんで、でもってそれを、ひとりで産み落として健気にも女手ひとつで育ててたそうじゃねえか。——でもって、そのガキってのが、なかなか立派な男の子で——いま、だから、二歳か三歳くらいになるわけだよな。その子をつれて、フロリーがパロに頼ってきたんだ、っていう——これは、確かなスジから聞いたことだから、否定はしてもらうまい。というか、出来ねえよな。これほどはっきりしてるんだから」

「……………」

ヴァレリウスはくちびるをかんだ。

瞬間、その脳裏に、（くそ、やはり、グインがあとでどうなることになろうと、ブランのやつ、殺しておくのだった……）という物騒な後悔が頭をかすめたのだった。

だが、イシュトヴァーンは、そんなヴァレリウスのようすには、気も留めなかった。

「俺には、知ってのとおりアムネリスとのあいだに、ドリアンっていうガキがいる。アムネリスはそいつを産み落として、その産褥で、そいつを生んだことに腹を立てて胸をついて自害しちまったんだ」

イシュトヴァーンは荒々しく云った。その事実が、イシュトヴァーン自身をもかなり傷つけていることが、ヴァレリウスにも感じとれた。

「ガキにとっちゃ、ひでえ仕打ちをしたものさ。てめえが生まれてきたから、母親が自殺したなんて、大きくなってから知ったらどう思うか。——俺だって、チチアの私生児だからな、そりゃ、あんまりじゃねえか、母親として、そういうことって、どうなんだよって思うぜ。——だが、まあ、これは俺のほうの話だ。でもっておまけにあのあま、息子にドリアンなんていう——《悪魔の子》なんていう名前をつけやがった。可哀想に、ガキにゃ罪はねえのによ。いったい、どんな男に育つんだか、いまからなんとなく予想がつくみたいだぜ」

「……………」

返事のしようがなくて黙り込んでいるヴァレリウスを、イシュトヴァーンは、まるで、当のアムネリスであるかのように火をふくような目でにらみつけた。

「だがまあ、そういうわけで、俺にゃ、すでにドリアンってガキがいる。だが、フロリーにガキが出来た、ときいたら、俺はけっこうびっくりしたよ——そんなの、予想もしてなかったからな。だが、いまとなってみると、俺にせよ、アムネリスのことがあるからどうにもドリアンのことを可愛いとも、てめえの子として大事にしてやりてえとも思えなくて困ってる。どちらにせよ、やつはモンゴール大公として育って、あっちにいっちまうだろうしな。だが、だから、もうひとり男の子がいる、なんてきいたら、俺としちゃ、黙っちゃいられねえんだ。まして、それが、縁もゆかりもねえパロで育てられるなんてことになるんだったら、どうしてそうなるんだ？　俺が引き取って、育ててやるのが当然のスジじゃねえか、だって俺の子なんだから、という——そういうことになるだろうが、当然」

「……………」

「なんで、黙ってんだ？　なんで、返事をしねえんだよ、ヴァレリウス」

イシュトヴァーンは激しく追及した。

「ここに、そのガキがいるんだろ。フロリーもいるんだろ。会わせてくれ。いますぐ渡せとか云ってるわけじゃねえ。とにかく、まず、俺にその子とその子の母親に会わせてくれ。俺の頼みはそれだけだ。それだけは、どうしても、譲れねえんだ！」

あとがき

お待たせいたしました。「グイン・サーガ」第百二十六巻、「黒衣の女王」をお届けいたします。

実は私、久々にこのタイトルが好きでね（笑）というか自分でとても気に入っておりまして、「黒衣の花嫁」なんていう、コーネル・ウールリッチのミステリーなどがありましたけれども、「黒衣の」というところが、なんかこう、神秘的でミステリアスでそそるんでしょうね。ええ、自分でも黒い洋服、黒い着物は大好きです。沢山持ってますし、私はコム・デ・ギャルソンタイプじゃないんですけど、いっときは、抽出しあけると黒い服ばかり出てきて、見分けがつきづらくてウンザリしたこともありました。あれは、シャンソンの伴奏とかをよくやってたころで、「伴奏者は黒い服」ということが多かったからじゃないかと思います。

着物でも黒地は好きですね。一番好きで、「もし死んだらこれを着せてもらって葬られたいかな」と思っている着物は、黒い素晴しい綸子に、横線が入っていてそこに桜の花と少しばかりの紅葉があしらってあるもの——ええと、これは確か「百の大典」で最初に着ていたんじゃないかと思いますねえ。お色直し二回目には紺色のシャンデリア模様のある付下げを着たんだけど、最初がこの黒じゃなかったかなあ。あとMANDALAのライブでも着たことはなかったかな。実をいうと、これ、私が持っている「一番高い着物」のひとつでもありますが、「高いからいい」ってわけじゃありません。これは、亡くなった舞踊家の吾妻徳穂先生が、「徳穂の選ぶ百枚のきもの」っていう特集を某デパートでなさったときに、まあ息子さんの中村富十郎さんを通して若干のお付き合いがあり、オーストラリア旅行に御一緒させていただいたりなんかしていましたので、出かけていったんですが、さすがに徳穂先生、そんじょそこらにある着物とはまるきり着物が違っていましたね。

あれはまだ三十代なるならずかそれとも結婚前だったか——とにかく「お前さん、このくらいの着物は着なくちゃ駄目だよ。セコな着物着るくらいなら着ないどくれ」とこう、伝法に云われまして、それで選んでくださったのがそれ、肩にかけたら「おおいいこと」「あつらえたよう」「これっきゃない」などと先生やお取り巻きや呉服屋さんたちにさんざん持ち上げられて、まだまだウブだったわたくし、断りようもなく、当時の自分の感覚では着物ってのは上限がせいぜい二十万円くらいのもの、って思っていたのに、その五倍くらいの着物を買っちゃって、茫然としてました。ま、徳穂先生でなけり

ゃ悪徳商法かもしれないんだけど(^^;)
またそのころはお芝居もやってないからお金ないわけじゃあなくてね。そこをつっこまれて、「おまいさん、こんないい着物着るんだから、帯だってこれにつりあったものじゃないと駄目だよ。いい帯屋を紹介してあげよう」って、それで「帯吉」っていう、それまでおつきあいのなかった帯屋さんが持ってきたのが、銀つづれに能の「熊野」のシテが総刺繡であって、前帯は能の扇、という、これまた腰をぬかすほど素晴しい帯。これも、高かったですねえ。泣きましたよ。でも、徳穂先生っていうのは、とてもこう、きっぱりしたかたで、二十代の優柔不断な私なんかが勝てるようなかたじゃないんです。「おお、いいねえ。これしかない、この着物にゃこれっきゃないからこれを買いなさい」ってほとんど御命令をうけて、神様にいわれたようにフラフラ買ってしまって、おかげでその年の税金とか、きっつかったですねー(/_;)まだ芝居してないからお金は多少はあったとはいうものの、もともとがケチなので(笑) こぉんな高い買物したことは、群ようこさんのエッセイでは五百万のきものとか買うところなんか出てきますけれども、私には想像もつかないことでしたしねえ。で、いまでもその着物と帯セットは私の持ってるなかで一番高いやつですが、やっぱりそのかわり、「これならどこへいっても」という、宮中だろうが天皇陛下の前だろうが気後れはいたしません、という風格があって、まあ一組くらいはこれほどのものをもってるのもいいかな、と思ったりしますねえ。そのかわりこれはひとに渡したくない、絶対持ってっちゃう、あの世まで持ってってやる（爆）って思いますねえ。ひとに着せるもんかーって。で、でもいったいこんなすごい着物いつ着られるだろうって思ってたけど、「百の大典」でおろしたので、胸のつかえがおりて、そのあとMANDALAでも着た、ってことじゃなかったかな。帯は、MANDALAではたしか違うのしましたけどね。着物より、いまの目でみると、帯が素晴しい、もう二度と手に入りそうもないような、みごとな刺繍です。私が二十代から三十代ってことは二、三十年前、このころまではまだ、ほんとに素晴しい職人さんがいたもんですねえ。

でもそのほかにも、黒い着物多いです。うってかわって一万円のネット着物、なんてのも沢山（笑）買いましたが、それも黒多いですねえ。黒地に袖口にレースついてる撫松庵の着物とか、黒地に白のアラレ小紋を、同じ柄の赤の色違いの生地を一反つぶして八掛にして、とか――これはNHKの「邦楽百選」に着て出たら母の仲間の長唄のおばさまたちから「お嬢さんすごくいい着物着てたわね」と評判よかったようです。これ、実は母とおそろいなんですけどね。黒地の桜、黒地に市松の桜、黒地にヒョウ柄（笑）（これは小笠原伯爵邸で着たなあ）黒地の大島――なんか、「黒い衣類」というのは、やっぱり、こういうと何でありますが、「女性を神秘的にきれいにみせる」んじゃないか、っていうイメージがあるのかもしれませんねえ、すぐ黒に手がゆきます。

ま、私は髪の毛ちょっと脱色してますが一応黒でしょ、目もまあ茶色系ですが黒ですが、リンダの場合は「スミレ色の瞳にプラチナブロンド」ですから、それが最大の装飾になって、黒地、っていうのはすっごく映えるんじゃないかな、って思います。美人だし。さもなきゃ瞳と同じ紫系の衣裳ですよねえ。まあタイプ的にもあんまり赤とかピンクとか似合いそうもないし。

もうこの本が出るころには、うわさの「グイン・サーガ」TVアニメシリーズもスタートしてるわけなんですが、まだ当分はリンダもドレスを着るというわけにはゆきません。私の見たところでは、原作のように革の身軽な衣裳に着替えて、ってことじゃなく、一応王子様お姫様の普段着でもおかしくないようなフリルつきのものを着てルードの森を逃げてましたが、このさき宮廷に戻ってドレスを着るところまでは、今回は十六巻までだから、ゆかないわけで、それがちょっと残念ですね。その分は、アルド・ナリスとアムネリスのかけひきは出てくるはずですから、アムネリスのドレス姿で十分補いがつくかもしれませんが。アムネリスというと、私のイメージって、わりと「黄金色のドレス」とか「目にも鮮やかな黄色のドレスに黄金色のレースをかさねて」とか、「イエロー」なんですよ。まあ緑の瞳だから、それでもあうかもしれないが、アムネリスの黒衣っていうのは――ナリスの《佯死》のあと、モンゴールに戻るときには黒衣の美女になりますが、もうひとつ似合わないというか……もっとやはり鮮やかな色のイメージですねえ。

って服の話ばかりしちゃいましたけど、話のほうはどんどんとんでもない展開になってきておりまして、このあとどうなってゆくんだか、私にもさっぱり読めないというか――リンダはこのあらたな事態にどう反応するのか、それによってまたパロはどう変わってゆくのか、なんとなく、パロだけじゃなく、ほかの――つまりまあヤガとかですが、そのへんもひっくるめて、いよいよ本当の意味での「激動篇」に入ったところではないか、という気がいたします。今年は「グイン・サーガ」三十歳とあって、新書サイズ二冊合本の新装版も出たり、むろんアニメもありますし、さらに特装版も出るのかなあ、いろいろと「国際グイン年」みたいになってくれれば嬉しいんですが、それにはいま自分がこういう状態で、このあいだの「グイン・サーガ」アニメのプレミア試写会とかにも、やっと出席で途中は休んでいたりとか、あまり協力体制を作れないのが無念なところですね。今回のアニメは、私なかなか気に入っているので（ってまだ第一回しか見てませんけれども）皆様にも、お気に召していただけたらいいな、と思っているのです。壮大なひろがり、みたいなものをちゃんととらえてくれたのが、思いのほかでとても嬉しかったので、「今回まで待ってよかったんだな」と思いますね。この世には、すべてのものに時がある、ということでしょうか。愛するに時があり、収穫するに時があり、タネを蒔くに時がある――という。あの聖書のことばは私はなぜか非常に好きでして、矢代俊一にもそのタイトルの曲を作らせてるくらいですけれども（まだ出てきてませんが、というか当分出てきませんが）今回のアニメはおそらく、「正しい時」を得られたのだろうと私は思っています。可愛がってやって下さいますよう、私からもお願いいたします。

ということで、物語はパロからさらにどこへとんでゆくのか、今後とも目をはなさずにいていただければと思います。春が近づいてきて、ようやく私の体調もほんの少しずつアップしてきた――ような気がします、きょうは調子悪いんですけどね。ま、きょうは寒いから。春が来れば、そしてもっとあたたかくなれば――この本が出るころにはもう桜も散って、そろそろ初夏のかおりも漂いはじめているころでしょうか。新装版もアニメも出ていますけれど、やはりおおもとは、「本篇」がきっちり出ていること、本篇がつねに面白くスリリングであることだと思っています。体力の続く限り頑張ってゆきますので、応援をよろしくお願いいたします。それではまた、百二十七巻でお目にかかりましょう！

二〇〇九年三月七日（土）

神楽坂倶楽部 URL
http://homepage2.nifty.com/kaguraclub/

天狼星通信オンライン URL
http://homepage3.nifty.com/tenro

「天狼叢書」「浪漫之友」などの同人誌通販のお知らせを含む天狼プロダクションの最新情報は「天狼星通信オンライン」でご案内しています。

情報を郵送でご希望のかたは、返送先を記入し80円切手を貼った返信用封筒を同封してお問い合せください。

(受付締切などはございません)

〒108-0014　東京都港区芝4-4-10　ハタノビルB1F
㈱天狼プロダクション「情報案内」係

著者略歴　早稲田大学文学部卒
作家　著書『さらしなにっき』
『あなたとワルツを踊りたい』
『ミロクの巡礼』『ヤーンの選
択』（以上早川書房刊）他多数

HM=Hayakawa Mystery
SF=Science Fiction
JA=Japanese Author
NV=Novel
NF=Nonfiction
FT=Fantasy

グイン・サーガ(126)
黒衣《こくい》の女王《じょおう》

〈JA952〉

二〇〇九年四月十日　印刷
二〇〇九年四月十五日　発行
（定価はカバーに表示してあります）

著者　栗《くり》本《もと》薫《かおる》
発行者　早川浩
印刷者　大柴正明
発行所　株式会社　早川書房
郵便番号　一〇一 - 〇〇四六
東京都千代田区神田多町二ノ二
電話　〇三 - 三二五二 - 三一一一（大代表）
振替　〇〇一六〇 - 三 - 四七七九九
http://www.hayakawa-online.co.jp

乱丁・落丁本は小社制作部宛お送り下さい。
送料小社負担にてお取りかえいたします。

印刷・株式会社亨有堂印刷所　製本・大口製本印刷株式会社

ISBN978-4-15-030952-7 C0193